AF547711

Gröls
Verlage

„Bücher sind wie Fallschirme. Sie nützen uns nichts, wenn wir sie nicht öffnen."

Gröls Verlag

Redaktionelle Hinweise und Impressum

Das vorliegende Werk wurde zugunsten der Authentizität sehr zurückhaltend bearbeitet. So wurden etwa ursprüngliche Rechtschreibfehler *nicht* systematisch behoben, denn kleine Unvollkommenheiten machen das Buch – wie im Übrigen den Menschen – erst authentisch. Mitunter wurden jedoch zum Beispiel Absätze behutsam neu getrennt, um den Lesefluss zu erleichtern.

Um die Texte zu rekonstruieren, werden antiquarische Bücher von Lesegeräten gescannt und dann durch eine Software lesbar gemacht. Der so entstandene Text wird von Menschen gegengelesen und korrigiert – hierbei treten auch Fehler auf. Wenn Sie ebenfalls antiquarische Texte einreichen möchten, finden Sie weitere Informationen auf www.groels.de

Viel Freude bei der Lektüre wünscht Ihnen das Team des Gröls-Verlags.

Adressen

Verleger: Sophia Gröls, Im Borngrund 26, 61440 Oberursel

Externer Dienstleister für Distribution & Herstellung: BoD, In de Tarpen 42, 22848 Norderstedt

Unsere „Edition | Werke der Weltliteratur" hat den Anspruch, eine der größten und vollständigsten Sammlungen klassischer Literatur in deutscher Sprache zu sein. Nach und nach versammeln wir hier nicht nur die „üblichen Verdächtigen" von Goethe bis Schiller, sondern auch Kleinode der vergangenen Jahrhunderte, die – zu Unrecht – drohen, in Vergessenheit zu geraten. Wir kultivieren und kuratieren damit einen der wertvollsten Bereiche der abendländischen Kultur. Kleine Auswahl:

Francis Bacon • Neues Organon • **Balzac** • Glanz und Elend der Kurtisanen • **Joachim H. Campe** • Robinson der Jüngere • **Dante Alighieri** • Die Göttliche Komödie • **Daniel Defoe** • Robinson Crusoe • **Charles Dickens** • Oliver Twist • **Denis Diderot** • Jacques der Fatalist • **Fjodor Dostojewski** • Schuld und Sühne • **Arthur Conan Doyle** • Der Hund von Baskerville • **Marie von Ebner-Eschenbach** • Das Gemeindekind • **Elisabeth von Österreich** • Das Poetische Tagebuch • **Friedrich Engels** • Die Lage der arbeitenden Klasse • **Ludwig Feuerbach** • Das Wesen des Christentums • **Johann G. Fichte** • Reden an die deutsche Nation • **Fitzgerald** • Zärtlich ist die Nacht • **Flaubert** • Madame Bovary • **Gorch Fock** • Seefahrt ist not! • **Theodor Fontane** • Effi Briest • **Robert Musil** • Über die Dummheit • **Edgar Wallace** • Der Frosch mit der Maske • **Jakob Wassermann** • Der Fall Maurizius • **Oscar Wilde** • Das Bildnis des Dorian Grey • **Émile Zola** • Germinal • **Stefan Zweig** • Schachnovelle • **Hugo von Hofmannsthal** • Der Tor und der Tod • **Anton Tschechow** • Ein Heiratsantrag • **Arthur Schnitzler** • Reigen • **Friedrich Schiller** • Kabale und Liebe • **Nicolo Machiavelli** • Der Fürst • **Gotthold E. Lessing** • Nathan der Weise • **Augustinus** • Die Bekenntnisse des heiligen Augustinus • **Marcus Aurelius** • Selbstbetrachtungen • **Charles Baudelaire** • Die Blumen des Bösen • **Harriett Stowe** • Onkel Toms Hütte • **Walter Benjamin** • Deutsche Menschen • **Hugo Bettauer** • Die Stadt ohne Juden • **Lewis Caroll** • *und viele mehr….*

Rudyard Kipling

Indische Erzählungen

Inhalt

Ein frommer Betrug.

Wenn Reggie Burke jetzt noch in Indien wäre, so würde er es übel vermerken, daß ich diese Geschichte erzähle; doch da er in Hongkong ist und sie nicht zu Gesicht bekommt, so kann ich sie ruhig berichten. Er war derjenige, der den großen Betrug bei der „ Sind and Sialkote Bank“ ins Werk setzte. Er war der Direktor der Filiale und ein praktischer, tüchtiger Mann, der große Erfahrung im Verkehr mit den Eingeborenen und dem Versicherungswesen besaß. Er verstand es, die Kleinlichkeiten des Alltagslebens mit seiner Arbeit zu vereinigen und doch noch Gutes zu thun. Reggie Burke ritt jedes Tier, das sich besteigen ließ, tanzte so gut, wie er ritt und war bei jedem Vergnügen in der Station gesucht.

Wie er selbst sagte, und wie viele Leute zu ihrer Ueberraschung herausfanden, gab es zwei Burkes, die beide sehr diensteifrig waren; Reggie Burke, der von 4 bis 10 zu allem bereit war, von einem Zechgelage bis zu einem Picknick zu Pferde – und von 10 bis 4 „Mister Reginald Burke“, der Direktor der „ Sind and Sialkote Bank“. Man konnte nachmittags mit ihm Polo spielen und ihn seine Ansichten aussprechen hören, wenn jemand eine falsche Bewegung machte, und man konnte am nächsten Morgen bei ihm vorsprechen, um ein Darlehen von 2000 Rupien auf eine Lebensversicherungspolice von 500 Pfund – 80 Pfund als Prämie zahlbar – aufzunehmen. Er würde *uns* wohl wiedererkannt haben, aber wir hätten Mühe gehabt, *ihn* wiederzuerkennen. Die Direktoren der Bank – sie hatten ihren Hauptsitz in Calcutta, und das Wort ihres Generaldirektors hatte Gewicht bei der Regierung – verstanden es, sich ihre Leute gut auszusuchen. Sie hatten Vertrauen zu ihm, soweit Direktoren zu Filialleitern Vertrauen haben. Der Leser soll selbst sehen, ob ihr Vertrauen unberechtigt war.

Reggies Filiale lag auf einer großen Station und arbeitete mit dem gewöhnlichen Personal, einem Direktor, einem Buchhalter, die beide Engländer waren, einem Kassierer und einer Schar eingeborener

Schreiber; außerdem war noch die Polizeipatrouille da, die den nächtlichen Dienst versah.

Die hauptsächlichste Arbeit – denn die Filiale lag in einem aufblühenden Distrikt – bestand darin, sich den Leuten anzupassen. Ein Narr hat keine Ahnung von solchem Geschäft, und ein gescheiter Mann, der sich nicht um seine Kunden kümmert und wenig von ihren Angelegenheiten weiß, ist noch schlimmer, wie ein Narr. Reggie sah jung aus, ging stets sauber rasiert, lächelte freundlich und hatte einen Kopf, auf dem selbst eine Gallone von Gunners Madeira keinen Eindruck machen konnte.

Eines Tages teilte er bei einem großen Diner mit, der Direktor hätte ihm von England ein naturgeschichtliches Wunder auf dem Gebiete der Buchhalterei geschickt. Er drückte sich durchaus richtig aus. Der Buchhalter, Mister Silas Riley, war in der That ein höchst merkwürdiges Tier – ein langer, tölpelhafter, eckiger „Yorkshireman", der von jenem starken Selbstbewußtsein erfüllt war, das nur in Englands bestem Boden blüht. Arroganz wäre für das Benehmen des Mister S. Riley eine milde Bezeichnung gewesen. Er hatte sich nach 7 Jahren zu der Stellung eines Kassierers in Huddersfield emporgeschwungen, und seine ganze Erfahrung bezog sich auf die Faktoreien des Nordens. Vielleicht hätte er sich auf der „Bombay-Seite", wo man mit einem halben Prozent Nutzen sich begnügt, und das Geld billig ist, besser geeignet. Für Vorderindien, einer Provinz mit Weizenbau, wo ein Mann schon einen tüchtigen Kopf und eine gewisse Phantasie besitzen muß, wenn er eine befriedigende Bilanz aufstellen soll, war er nicht zu gebrauchen.

In geschäftlichen Angelegenheiten war er furchtbar beschränkt, und da er eben erst in die Gegend gekommen war, so hatte er keine Ahnung davon, daß das indische Bankwesen von dem heimatlichen vollständig verschieden ist. Wie die meisten Selfmademen hatte er die größte Meinung von sich selbst und sich in der einen oder andern Weise aus den üblichen höflichen Ausdrücken seines Engagementsbriefes die Ansicht herauskonstruiert, die Direktoren hätten ihn wegen seiner besondern glänzenden Talente ausgewählt und hielten große Stücke auf ihn. Diese

Ansicht wurde immer stärker und krystallisierte sich förmlich im Verein mit seinem angeborenen heimatlichen Eigendünkel. Außerdem war er schwächlich, litt an Brustbeklemmungen und war aufbrausend. Man wird zugeben, daß Reggie recht hatte, wenn er den neuen Buchhalter ein naturgeschichtliches Wunder nannte. Die beiden Männer gerieten oft in Streitigkeiten. Riley betrachtete Reggie als einen hohlen, leichtsinnigen Idioten, den der Himmel nur für das Geschwätz am Stammtisch geschaffen, und der für den feierlichen und ernsten Beruf des Bankwesens völlig ungeeignet war. Er konnte Reggies jugendliches Aussehen und sein schneidiges Aussehen nicht vertragen; auch seine Freunde gefielen ihm nicht – elegante, sorglose Männer von der Armee – die zu den großen sonntäglichen Frühstücksschmausereien in der Bank herübergeritten kamen und gepfefferte Geschichten erzählten, bis Riley aufstand und das Zimmer verließ. Riley machte Reggie stets darauf aufmerksam, wie die Geschäfte geleitet werden müßten, und Reggie mußte ihn mehr als einmal daran erinnern, daß eine beschränkte siebenjährige Erfahrung zwischen Huddersfield und Beverley einen Mann nicht berechtigte, ein großes Geschäft im oberen Lande zu leiten. Dann knurrte Riley und bezeichnet sich selbst als einen „Pfeiler“ der Bank und einen „lieben Freund“ der Direktoren, während Reggie sich die Haare raufte. Wenn es einem in diesem Lande an englischen Hilfskräften fehlt, so gerät er in eine schlimme Lage, denn die Hilfe der Eingeborenen hat ihre bestimmten Grenzen. Im Winter war Riley sechs Wochen hintereinander lungenleidend, und Reggie hatte die doppelte Arbeit zu leisten, doch zog er das noch den ewigen Reibereien vor, wenn Riley gesund war.

Einer der Reiseinspektoren der Bank entdeckte diese Zufälle und berichtete sie der Direktion. Nun war Riley aber der Bank von einem Parlamentsmitglied empfohlen worden, der der Unterstützung von Rileys Vater bedurfte, der wiederum bemüht war, seinen Sohn wegen des Lungenleidens in einem wärmeren Klima unterzubringen. Das Parlamentsmitglied hatte wohl Einfluß auf die Bank, aber einer der Direktoren wollte einen seiner Günstlinge hineinschieben, und als Rileys Vater gestorben war, machte er seine Kollegen darauf aufmerksam, daß ein Mann, der sechs Monate im Jahr krank war, besser thäte, seine Stelle einem Gesunden abzutreten. Hätte nun Riley die wirkliche Geschichte seiner Ernennung gewußt, so hätte er sich wohl anders benommen, doch da er nichts wußte, so wechselten seine Krankheitsanfälle mit ruhelosen, beharrlichen Behelligungen und Zänkereien ab, und er benahm sich, wie nur ein eingebildeter Subalternbeamter sich benehmen kann. Reggie schimpfte, um seinen Gefühlen freien Lauf zu lassen, hinter seinem Rücken tüchtig darauf los, doch nie sagte er ihm etwas ins Gesicht, denn er meinte: „Riley ist solch schwächlicher Kerl, daß die Hälfte seines ekelhaften Hochmutes sicherlich von seiner Lungenkrankheit stammt."

Im April vorigen Jahres wurde Riley wirklich sehr krank. Der Doktor behorchte und beklopfte ihn und sagte ihm dann, er würde in kurzer Zeit besser werden. Dann ging der Doktor zu Reggie und sagte:

„Wissen Sie, wie krank Ihr Buchhalter ist?"

„Nein," versetzte dieser. „Aber je schlimmer, desto besser; hole ihn der Teufel! wenn er gesund ist, so ist er überhaupt nicht zu ertragen. Ich gestatte Ihnen, die Bankkasse auszurauben, wenn Sie ihn während der heißen Jahreszeit zum Schweigen bringen können."

Aber der Doktor lachte nicht, sondern sagte:

„Lieber Freund, ich scherze nicht; ich gebe ihm noch drei Monate in seinem Bett und eine Woche zum Sterben. Auf Ehre und Gewissen, das ist alles, was er in der Welt zu erwarten hat. Die Schwindsucht hat ihn bis aufs Mark ausgezehrt."

Reggies Gesicht verwandelte sich sofort in das Gesicht des Mister Reginald Burke, und er erwiderte:

„Was kann ich thun?"

„Nichts," entgegnete der Doktor, „für alle praktischen Arbeiten ist der Mann jetzt schon tot. Halten Sie ihn ruhig und vergnügt, und sagen Sie ihm, er würde bald wieder gesund werden. Das ist alles; ich werde natürlich bis zum Schluß nach ihm sehen."

Der Doktor ging fort, und Reggie setzte sich nieder, um die Abendpost zu öffnen. Der erste Brief, der ihm in die Hände fiel, war von der Direktion; man teilte ihm mit, Mister Riley hätte laut den Bedingungen des Vertrages mit einmonatlicher Kündigung seine Stellung niederzulegen; außerdem erhielt Reggie die Nachricht, ein Brief an Riley würde folgen; und ferner wurde er von dem Eintreffen eines neuen Buchhalters unterrichtet, eines Mannes, den er kannte und schätzte.

Reggie steckte sich eine Cigarre an, und bevor er sie noch ausgeraucht, hatte er bereits den Plan zu einem Betruge entworfen. Er beseitigte den Brief der Direktion und ging zu Riley, der so ungenießbar wie gewöhnlich war und sich den Kopf zerbrach, wie die Bank während seiner Krankheit bestehen konnte. An die Extraarbeit, die auf Reggies Schultern lastete, dachte er nicht, sondern nur an den Schaden, der seinem eigenen Fortkommen erwachsen könnte. Reggie versicherte ihm, alles ginge gut, und er würde täglich mit Riley die Geschäfte der Bank besprechen. Riley war ein bischen besänftigt, gab aber in vielen Worten zu verstehen, er halte nicht viel von Reggies Geschäftstüchtigkeit. Reggie schwieg bescheiden, und doch hatte er Briefe von der Direktion im Pult, auf die ein jeder stolz sein konnte.

Die Tage vergingen in dem großen, dunklen Hause, Rileys Entlassungsbrief traf ein und wurde von Reggie beiseite geschafft, der jeden Abend die Bücher in Rileys Zimmer brachte und ihm zeigte, was sich ereignet hatte, während Riley knurrte. Reggie that sein möglichstes, um Riley zufrieden zu stellen; doch der Buchhalter war überzeugt, die Bank würde ohne ihn rettungslos zu Grunde gehen. Im Juni, als der Aufenthalt im Bett ihn bereits beunruhigte, fragte er, ob die Direktion von seiner Krankheit verständigt sei, und Reggie erklärte, sie hätten äußerst sympathische Briefe geschrieben und die Hoffnung ausgesprochen, er würde in kurzem seine schätzenswerten Dienste wieder aufnehmen können. Er zeigte Riley die Briefe, und dieser meinte, die Direktion hätte an ihn selbst schreiben können. Einige Tage später öffnete Reggie Rileys Post in dem Halbdunkel des Zimmers und gab ihm den Brief – nicht das Couvert – ein Schreiben der Direktion an Riley. Riley sagte, er würde

Reggie dankbar sein, wenn er sich nicht um seine Privatkorrespondenz kümmern würde, und dieser entschuldigte sich.

Dann änderte Riley sein Benehmen wieder und schalt Reggie wegen seiner Lebensweise, seiner Pferde und seiner schlechten Freunde. „Natürlich, wenn ich hier auf dem Rücken liege, Mister Burke," meinte er, „so kann ich Sie nicht im Zuge halten; doch wenn ich wieder gesund bin, hoffe ich, werden Sie meinen Worten Gehör schenken."

Reggie, der das Polospiel, das Tennis und die Diners aufgegeben hatte, um Riley zu pflegen, sagte, er würde sich bessern; dann legte er Rileys Kopf auf die Kissen und hörte, ohne ein Zeichen von Ungeduld, seinem Schimpfen und Schelten zu.

Als der neue Buchhalter kam, teilte er ihm die Thatsachen mit, während er Riley davon unterrichtete, er hätte einen Gast, der bei ihm wohnte. Riley meinte, er hätte auch mehr Rücksicht üben können, als seine zweifelhaften Freunde zu solcher Zeit in sein Haus zu bringen. Infolge dessen ließ Reggie Carron, den neuen Buchhalter, im Klubhaus schlafen. Carrons Ankunft nahm die schwerste Arbeit von seinen Schultern, und er hatte Zeit, Rileys Launen zu ertragen, zu erklären, zu beruhigen, zu erfinden, den armen Kerl in seinem Bett zurechtzulegen, und schmeichelhafte Briefe aus Calcutta fertig zu stellen. Am Schlusse des ersten Monats wünschte Riley seiner Mutter etwas Geld nach Hause zu senden. Reggie schickte eine Tratte ab. Am Ende des zweiten Monats erhielt Riley pünktlich sein Salair. Reggie bezahlte es aus seiner eigenen Tasche, und außerdem schrieb er Riley einen schönen Brief von der Direktion.

Riley war in der That sehr krank, und die Flamme seines Lebens flackerte unruhig. Dann und wann zeigte er sich sehr fröhlich und blickte vertrauensvoll in die Zukunft, wobei er Pläne entwarf, nach Hause zu fahren und seine Mutter zu besuchen. Reggie hörte geduldig zu, wenn die Tagesarbeit vorüber war, und sprach ihm Mut ein. Zu andern Malen bestand Riley darauf, Reggie solle ihm die Bibel und methodistische Traktätchen vorlesen. Aus diesen Traktätchen hielt er dem Direktor

Vorträge über seine Moral. Dabei fand er aber immer noch Zeit, Reggie über die Angelegenheiten der Bank zu ärgern und ihm zu zeigen, wo eigentlich der „schwache Punkt“ lag.

Dieses stubenhockerige Leben im Krankenzimmer, diese beständige Aufregung brachten Reggie ziemlich herunter, erschütterte seine Nerven und reduzierte seine Billardpartie um 50 Points. Doch die Geschäfte der Bank und die Angelegenheiten im Krankenzimmer wurden weiter erledigt, obgleich das Thermometer 116 Grad im Schatten zeigte.

Gegen Ende des dritten Monats war Riley sehr heruntergekommen und fing an, zu erkennen, daß er sehr krank wäre. Dennoch hielt ihn der Dünkel, der ihn veranlaßte, Reggie zu quälen, davon ab, das Schlimmste zu glauben.

„Er braucht etwas geistige Anregung, wenn er so herunter ist,“ sagte der Doktor; „halten Sie das Interesse am Leben in ihm aufrecht, wenn Ihnen an seinem Leben überhaupt gelegen ist.“

So erhielt Riley allen geschäftlichen und finanziellen Gebräuchen entgegen von der Direktion eine Gehaltszulage von 25 Prozent. Die geistige Anregung hatte einen schönen Erfolg. Riley war glücklich und fröhlich, und wie das bei der Schwindsucht oft der Fall ist, geistig am gesündesten, wenn der Körper am schwächsten ist. Er schleppte sich noch einen Monat hin, brummte und quälte sich wegen der Bank, sprach von der Zukunft, ließ sich die Bibel vorlesen, schalt Reggie wegen seiner Sünden und fragte sich, wann er im stande wäre, ins Ausland zu reisen.

Gegen Ende des September, an einem furchtbar heißen Tage, erhob er sich plötzlich in seinem Bett mit leichtem Seufzer und sagte ruhig zu Reggie:

„Mister Burke, ich werde sterben; ich weiß es jetzt selbst. Meine Lunge ist vollständig hohl und ich habe nichts mehr zum Atmen. Soviel ich weiß, habe ich stets alles vermieden, um schwere Sünden auf mein Gewissen zu laden, und ich rate Ihnen, Mister Burke ...“

Bei diesen Worten erstarb seine Stimme, und Reggie neigte sich über ihn.

„Senden Sie mein Gehalt für den September an meine Mutter ... hätte noch große Dinge an der Bank verrichtet, wenn ich verschont geblieben wäre ... heillose Wirtschaft ... meine Schuld ist es nicht."

Dann wandte er sein Gesicht nach der Wand um und starb. Reggie zog das Laken über sein Gesicht und ging hinaus auf die Veranda mit seiner letzten „geistigen Anregung" – einem liebenswürdigen Trostbrief von der Direktion – in der Tasche.

„Wenn ich nur zehn Minuten früher gekommen wäre," sagte er sich, „so hätte ich ihn vielleicht so weit aufgefrischt, daß er sich noch einen Tag gehalten hätte."

Der Bakterientöter.

Gewöhnlich ist es nicht statthaft, sich in einem Lande in Staatsangelegenheiten zu mischen, wo Leute sehr gut dafür bezahlt werden, daß sie diese Arbeit für uns verrichten. Diese Geschichte jedoch ist eine berechtigte Ausnahme.

Bekanntlich erhalten wir alle fünf Jahre einen neuen Vicekönig; und jeder Vicekönig bringt außer seinem übrigen Gepäck einen Privatsekretär mit, der gerade, wie das Schicksal es will, der wahre Vicekönig ist, oder – nicht. Das Schicksal sorgt nämlich für das indische Reich, weil es so groß und so hilflos ist.

Nun war einmal ein Vicekönig, der einen stürmischen Privatsekretär mitbrachte, einen harten Mann mit sanften Manieren und einer krankhaften Leidenschaft fürs Arbeiten. Dieser Sekretär hieß Wonder – John Fenicil Wonder. Der Vicekönig besaß keinen Namen, sondern nur eine Reihe von Grafschaften und Zweidrittel des Alphabetes hinten nach. Bekannte Titelabkürzung in England.Im Vertrauen sagte er, er wäre der elektrisch-vergoldete Kopf einer goldenen Verwaltung, und beobachtete träumerisch-vergnügt Wonders Versuche, Dinge zu erledigen, die ihm nur allein zukamen. „Wenn wir alle Engel wären," sagte seine Excellenz einmal, „so wird mein guter, lieber Freund Wonder die Leitung einer Verschwörung übernehmen, um Gabriels Federn auszurupfen oder Petrus' Schlüssel zu stehlen. Dann werde ich über ihn Bericht erstatten."

Doch obwohl der Vicekönig nichts that, um Wonders Diensteifrigkeit zu beeinträchtigen, so sagten doch andere Leute unangenehme Dinge darüber. Es mag sein, daß die Mitglieder des Rates damit anfingen; doch schließlich war ganz Simla der Ansicht, daß bei der Regierung zu viel Wonder und zu wenig Vicekönig vorherrsche. Wonder schob dabei stets „Seine Excellenz" vor. Da hieß es, „Seine Excellenz thut dies und das", „nach der Meinung Seiner Excellenz" und so weiter. Der Vicekönig lächelte, hinderte ihn aber nicht weiter. Er sagte, so lange seine alten Leute sich mit seinem lieben, guten Wonder herumzankten, so lange würden sie sich auch veranlaßt fühlen, den „alten Osten" in Frieden zu lassen.

„Ein weiser Mann hat keine Politik," sagte der Vicekönig; „eine Politik ist die Schnürbrust, die die Vorsehung den Narren anlegt. Ich gehöre nicht zu den ersteren, und glaube auch nicht, zu den letzteren zu gehören."

Ich weiß nicht recht, was er damit sagen wollte; vielleicht war das des Vicekönigs Manier, sich auszudrücken.

In jenem Jahre kam einer jener verrückten Leute, die nur eine einzige Idee im Kopfe haben, nach Simla. Das sind so Leute, die die Dinge in Zug bringen; aber es ist nicht angenehm, mit ihnen zu sprechen. Dieser Mann hieß Mellish und hatte 15 Jahre lang auf seinem eigenen Gute in Unterbengalen gelebt, wo er die Cholera studiert hatte. Er war der Meinung, die Cholera wäre ein Keim, der sich fortpflanzte, während er durch die feuchte Atmosphäre fliege und wie eine Wollflocke in den Zweigen der Bäume haften bliebe. Dieser Keim könnte unschädlich gemacht werden und zwar durch „Mellishs unbezwingliches

Räuchermittel" – ein schweres, schwarzviolettes Pulver – „das Ergebnis einer 15jährigen wissenschaftlichen Forschung, mein Herr!"

Die Erfinder scheinen in ihrer Arbeit alle gleich zu sein. Sie sprechen laut, besonders über die „Verschwörungen der Monopolisten", schlagen mit den Fäusten auf den Tisch und führen Proben ihrer Erfindungen stets bei sich.

Mellish sagte, es bestände ein „medizinischer Ring" in Simla, an dessen Spitze der Generalstabsarzt stände, der anscheinend mit allen Hospitalsärzten des Reiches eine Liga geschlossen hätte. Wie er das eigentlich bewies, habe ich vergessen, aber es mußten doch geheime Intriguen dahinterstecken, und Mellish wollte nun das unabhängige Urteil des Vicekönigs haben, „des Vertreters unserer anmutigsten Majestät der Königin, mein Herr." So kam Mellish nach Simla mit 84 Pfund Räucherpulver im Koffer, um mit dem Vicekönig zu sprechen und ihm die Verdienste seiner Erfindungen vorzuführen.

Nun ist es aber leichter, einen Vicekönig zu sehen, als ihn zu sprechen, wenn man nicht das Glück hat, eine so bedeutende Persönlichkeit zu sein, wie Mellishe aus Madras. Er war ein „6000-Rupienmann" und so bedeutend, daß seine Töchter nie heirateten, sondern „Verbindungen eingingen". Er selbst wurde nicht bezahlt, sondern „bezog Gehalt", und seine Reisen durch das Land waren „Beobachtungsausflüge". Sein Geschäft war es, die Leute in Madras mit einer langen Stange aufzurühren, wie man etwa Schleien in einem Teich aufrührt; die Leute sollten dann von ihrem behaglichen alten Wege abweichen und ausrufen: „Das ist Erleuchtung und Fortschritt! Ist es nicht prächtig?" Dann verehrten sie Mellishe in der Hoffnung, ihn loszuwerden, Statuen und Jasminguirlanden.

Mellishe kam also nach Simla, um mit dem Vicekönig zu konferieren. Das war so eine seiner Beschäftigungen. Der Vicekönig wußte nichts von Mellishe, außer daß er eine jener Gottheiten des „Mittelstandes" war, die zum geistigen Nutzen des „Paradieses des Mittelstandes" erforderlich zu sein scheinen, und daß er aller Wahrscheinlichkeit nach sämtliche öffentliche Einrichtungen in Madras vorgeschlagen, ausgearbeitet, gegründet und mit Geldmitteln unterstützt hatte. Das beweist, daß seine Excellenz, obwohl sie träumerisch veranlagt war, doch das Treiben der „6000 Rupienmänner“ kannte. Mellishes Name war E. Mellishe, während Mellish E. S. Mellish hieß; beide wohnten in demselben Hotel, und das Schicksal, das für das indische Reich sorgt, wollte es, daß Wonder einen Fehler machte und das Schluß-E ausließ, daß der „Tschaprassi“ Briefbote.ihm dabei behilflich war, so daß der Brief folgenden Inhalts:

> Werter Herr Mellish!
>
> Können Sie Ihre andern Verpflichtungen aufschieben und morgen um zwei Uhr mit uns frühstücken? Seine Excellenz wird dann eine Stunde zu Ihrer Verfügung stehen.

an Mellish mit dem Räucherpulver gelangte. Er weinte fast vor Stolz und Vergnügen und tauchte zur festgesetzten Stunde, eine dicke Papierdüte voll Räucherpulver in der Rocktasche, in Peterhoff auf. Seine günstige Stunde war gekommen, und er wollte sie benutzen. Mellishe aus Madras war so ungeheuer feierlich um seine Besprechung eingekommen, daß Wonder dieselbe zu einem gemütlichen Frühstück arrangiert hatte; – keine Räte, kein Wonder war dabei, niemand als der Vicekönig, welcher weinerlich meinte, er hätte Furcht, mit so aufgeblasenen Autokraten, wie der große Mellishe aus Madras einer war, allein gelassen zu werden.

Aber der Gast ärgerte den Vicekönig durchaus nicht, im Gegenteil, er amüsierte ihn. Mellish war nervös erregt und wollte gleich auf sein Räucherpulver kommen; so schwatzte er denn alles durcheinander, bis das Frühstück vorüber war und Seine Excellenz ihm zu rauchen anbot. Der Vicekönig fühlte sich bei Mellish behaglich, weil dieser nicht von „Geschäften“ sprach.

Sobald die Cigarren aber angezündet waren, sprach Mellish wie ein echter Mann; er begann mit seiner Choleratheorie, ließ seine 15jährige wissenschaftliche Arbeit, die Ränke und Schliche des „Simlaringes“ und die Vorzüglichkeit seines Räucherpulvers Revue passieren, während der Vicekönig ihn mit halbgeschlossenen Augen beobachtete und bei sich dachte: „Das ist sicherlich der ›falsche Tiger‹, aber es ist doch ein originelles Tier." Mellish stand das Haar vor Aufregung zu Berge, und er fing an zu stottern. Er begann in seinen Rocktaschen zu wühlen, und bevor der Vicekönig noch wußte, was geschehen sollte, hatte er schon die Düte mit dem Pulver in den großen, silbernen Aschbecher ausgeleert.

„U … u … urteilen Sie selbst, Sir," sagte Mellish; „Eure E … E … Excellenz mögen selbst urteilen; absolut unfehlbar, auf Ehre!"

Er stocherte mit dem angezündeten Ende seiner Cigarre in dem Pulver herum, das wie ein Vulkan zu fauchen anfing und einen fetten, dicken, kupferfarbigen Dampf ausströmen ließ. In fünf Sekunden war das Zimmer mit einem scharfen, ekelhaften Gestank angefüllt. Das Pulver zischte und brauste und ließ braune und grüne Funken aufsprühen, während der Rauch sich erhob, bis man weder etwas sehen, noch atmen, noch Luft schnappen konnte. Mellish war indessen daran gewöhnt.

„ Strontiom-Nitrat", rief er; „Baryt, Knochenmehl und so weiter. Tausend Kubikfuß Rauch, per Kubikzoll; nicht eine Bakterie könnte darin leben, auch nicht eine, Euer Excellenz!"

Aber „Seine Excellenz" war geflohen und hustete am Fuße der Treppe, während ganz Peterhoff wie ein Bienenschwarm herumsummte. Rote Lanciers kamen hereingestürmt, der Ober-Tschaprassi, der englisch sprach, kam hereingestürmt, Stabträger kamen hereingestürzt, und Damen liefen, „Feuer" schreiend, die Treppe herunter; denn der Rauch war durch das Haus gedrungen, qualmte aus den Fenstern, verbreitete sich über die Veranda und zog in dichten Wolken durch die Gärten. Niemand wollte das Zimmer betreten, in welchem Mellish Vorträge über das Rauchpulver hielt, bis das entsetzliche Pulver ausgebrannt war.

Nun drang ein Adjutant, der sich das Viktoriakreuz erwerben wollte, durch die dahinziehenden Wolken und schleifte Mellish in die Vorhalle. Der Vicekönig wälzte sich vor Lachen und konnte nur schwach die Hände nach Mellish bewegen, der ihm eine frische Düte mit Pulver hinhielt.

„Herrlich, herrlich,“ schluchzte Seine Excellenz, „nicht eine Bakterie könnte das aushalten, wie Sie sehr richtig bemerken. Ich kann's beschwören, ein prächtiger Erfolg.“ Dann lachte er, bis ihm die Thränen in die Augen kamen, und Wonder, der den richtigen Mellishe bei der Post getroffen hatte, trat jetzt ein und geriet über die Scene in größtes Entsetzen. Doch der Vicekönig war sehr vergnügt, denn er sah, daß Wonder nunmehr demissionieren würde. Mellish mit dem Rauchpulver war ebenfalls vergnügt, denn er fühlte, daß er den „medizinischen Simla-Ring“ gesprengt hatte. – – – – – –

Nur wenig Leute können eine Geschichte, so wie „Seine Excellenz“ erzählen, wenn er sich Mühe giebt und seine Erzählung von „meines lieben, guten Wonders Freund mit dem Pulver“ machte die Runde durch Simla, und spottlustige Leute brachten Wonder durch ihre Bemerkungen zur Verzweiflung.

Doch „Seine Excellenz“ erzählte die Geschichte einmal zuviel – für Wonder. Wenigstens war das die Ansicht des letzteren. Es war auf einem Picknick, und Wonder saß gerade hinter dem Vicekönig.

„Und ich dachte wirklich einen Augenblick,“ schloß Seine Excellenz „Ihre“ Rede, „mein lieber, guter Wonder hätte einen Mörder gedungen, um sich den Weg zum Throne zu bahnen.“

Alle lachten, doch in dem Tone des Vicekönigs lag eine feine Nebenbedeutung, die Wonder verstand. Er fand plötzlich, daß seine Gesundheit erschüttert wäre; der Vicekönig nahm seine Entlassung entgegen und verlieh ihm einen glänzenden Titel, mit dem er zu Hause unter den Leuten brillieren konnte.

„Es ist ganz und gar meine Schuld,“ sagte Seine Excellenz in späteren Jahren mit einem gewissen Augenzwinkern; „mein Wankelmut muß wohl auf einen so begabten Menschen einen schlechten Eindruck gemacht haben.“

Der Freund des Freundes.

Diese Geschichte muß aus vielen Gründen in der ersten Person erzählt werden. Der Mann, mit dem ich es zu thun habe, ist Tranter von der Bombay-Seite. Ich wünschte, daß Tranter aus seinem Club herausballotiert, von seiner Frau geschieden, aus dem Dienst entlassen und ins Gefängnis geworfen würde, bis ich eine schriftliche Entschuldigung von ihm in Händen habe. Ich möchte die Welt vor Tranter von der „Bombay-Seite“ warnen.

Man weiß wohl, wie Leute in Indien gewöhnlich an Bekannte gewiesen werden. Das hat viel für sich, denn man kann einen Menschen, den man nicht leiden kann, dadurch los werden, indem man ihm einen Empfehlungsbrief schreibt und ihn damit in den Zug setzt.

Eines Tages erhielt ich in der späten, kühlen Jahreszeit ein Vorbereitungsschreiben, in welchem er mir die Ankunft eines gewissen Jevon mitteilte, wobei er wie gewöhnlich bemerkte, daß er jede Jevon erwiesene Liebenswürdigkeit als ihm selbst entgegengebracht ansehen würde. Diese regelmäßige Form der Mitteilungen ist ja jedermann bekannt.

Zwei Tage später erschien Jevon mit seinem Empfehlungsbriefe, und ich that, was ich für ihn thun konnte. Er hatte rote Backen, flachsblonde Haare und sah echt englisch aus. Aber er gab keine Ansichten über die indische Regierung zum Besten und bestand auch nicht darauf, auf der Poststation Tiger jagen zu wollen. Er nannte uns auch nicht „Kolonisten“ und erschien auch nicht in Flanellhemden und Zwillichanzug bei Tische. Er war vielmehr sehr wohlerzogen und sehr dankbar für das wenige, das ich für ihn that, besonders als ich ihm eine Einladung zum Afghanenball verschaffte und ihn Mistreß Deemes vorstellte, einer Dame, für die ich eine große Achtung und Bewunderung hege, und die wie der Schatten eines Blattes im Zephirwinde tanzte. Ich halte große Stücke auf die Freundschaft der Mistreß Deems; doch hätte ich gewußt, was kommen würde, so hätte ich eher Jevon mit einer Gardinenstange den Hals gebrochen, als ihm diese Einladung verschafft.

Doch ich wußte es nicht, und er speiste an dem Ballabend im Club, während ich zu Hause dinierte. Als ich in den Ballsaal ging, fragte mich der erste, den ich dort traf, ob ich Jevon nicht gesehen hätte.

„Nein," versetzte ich, „er ist im Club; ist er denn nicht gekommen?"

„Gekommen?" entgegnete der andere, „er ist nur zu sehr gekommen; Sie thäten gut, sich nach ihm umzuschauen."

Ich suchte Jevon und fand ihn auf einer Bank, wo er vor sich hinschmunzelte und eine Tanzkarte anstarrte. Ein flüchtiger Blick genügte mir. Gerade an diesem Abend hatte er sich etwas sehr heftig dem Trunke ergeben. Er atmete schwer durch die Nase, seine Augen waren rot, und er schien mit aller Welt sehr zufrieden. Ich ließ ein kleines Gebet zum Himmel steigen, der Walzer möge die Wirkung des Weines verscheuchen und ging in etwas unbehaglicher Stimmung weiter, um mir meine Tanzkarte ausfüllen zu lassen. Als ich aber Jevon zum ersten Tanz auf Mistreß Deemes zutaumeln sah, da wußte ich, daß sämtliche Walzer auf der Karte nicht genügen würden, um Jevons rebellische Beine wieder in die richtige Lage zu bringen. Das Paar tanzte sechsmal herum – ich zählte sie – dann ließ Mistreß Deemes Jevons Arm los und kam auf mich zu. Ich will nicht wiederholen, was Mistreß Deemes mir sagte, denn sie war wirklich sehr ärgerlich. Ich will auch nicht beschreiben, was ich Mistreß Deemes sagte, denn ich sagte gar nichts. Ich wünschte nur, ich hätte Jevon erst umgebracht, und wäre dann dafür gehenkt worden. Mistreß Deemes durchstrich mit ihrem Bleistift sämtliche Tänze, die ich bei ihr stehen hatte, und überließ mich der Betrachtung, daß ich ja eigentlich nur hätte sagen brauchen, daß Mistreß Deemes ja selbst verlangt hatte, Jevon vorgestellt zu werden, weil Jevon gut tanzte. Aber ich fühlte, daß dies kein gutes Argument war, und daß ich besser that, Jevon zu verhindern, mich durch sein Tanzen noch in weitere Verlegenheiten zu bringen. Er war aber fort, und nach jedem dritten Tanze machte ich Jagd auf ihn, wodurch das bischen Vergnügen, das ich von der Veranstaltung erwartete, in die Brüche ging.

Kurz vor dem Abendessen faßte ich Jevon am Büffet ab, wo er mit weitausgespreizten Beinen stand und mit einer sehr dicken und entrüstet thuenden Dame sprach.

„Wenn dieser Mensch ein Freund von Ihnen ist, wie ich gehört habe, so möchte ich Ihnen raten, ihn nach Hause zu bringen. Er ist für eine anständige Gesellschaft unmöglich.“

Gott allein mochte wissen, was Jevon angestellt hatte, und ich versuchte, ihn fortzubringen. „Er wüßte, was für ihn gut wäre; er wolle sich nicht von irgend einem Niggerschinder kommandieren lassen; ich wäre der Freund, der seinen kindlichen Geist gebildet und ihn veranlaßt hätte, Bronzefiguren aus Benares zu kaufen und Gott zu fürchten.“ Dann meinte er, wir würden noch so manchen guten Trunk zusammen thun, und alle schwarzseidenen Kamele der ganzen Welt würden ihm seine Ansicht nicht rauben, daß für den Appetit nichts besser wäre, als Benediktiner. Und dann ... doch er war mein Gast.

Ich setzte ihn in eine ruhige Ecke des Speisesaales und ging fort, um eine „Scheidewand“ ausfindig zu machen, auf die ich mich verlassen konnte. Es befand sich dort ein guter und freundlicher Subalternoffizier – der Himmel segne diesen Subalternoffizier und mache ihn zum Oberkommandanten – der von meiner Verlegenheit hörte. Er tanzte nicht und meinte, er würde auf Jevon bis zum Ende des Balles aufpassen.

„Liegt Ihnen viel daran, was ich mit ihm anfange?“ sagte er.

„Ob mir etwas daran liegt?“ versetzte ich, „nein, Sie können die Bestie sogar morden, wenn Sie wollen.“

Aber der Subalternoffizier mordete ihn nicht. Er ging aus dem Speisesaale, setzte sich neben Jevon und trank eine Flasche nach der andern mit ihm. Ich sah die beiden gemütlich nebeneinander sitzen und ging in etwas behaglicherer Stimmung meiner Wege.

Als zum „Roastbeef of old England“ geblasen wurde, hörte ich von Jevons Heldenthaten zwischen dem ersten Tanz und dem Moment, da ich mit ihm am Büffet zusammengestoßen war. Nachdem ihn Mistreß

Deemes hatte laufen lassen, mußte er wohl seine Schritte nach der Galerie gelenkt haben, wo er sich erbot, die Kapelle zu dirigieren oder irgend ein Instrument, welches dem Kapellmeister gerade beliebte, zu spielen.

Als der Kapellmeister dankend ablehnte, erklärte Jevon, man wüßte ihn nicht zu schätzen und teilte sein Mißgeschick einigen mitfühlenden Seelen mit. Dann taumelte er die Treppe hinunter und forderte vier junge Damen zum Tanzen auf, von denen er dreien Heiratsanträge machte. Eins von den jungen Mädchen war übrigens eine verheiratete Frau. Dann ging er in das Spielzimmer, fiel zur Erde und weinte auf dem Teppich vor dem Kamin, weil er, wie er meinte, einer Bande von Bauernfängern in die Hände gelaufen war, während seine Mama ihn doch stets vor schlechter Gesellschaft gewarnt hatte. Er hatte auch eine Menge anderer Dinge gethan, und ungefähr drei Quart gemischten Likör zu sich genommen. Dabei sprach er von mir in der skandalösesten Weise.

Alle Frauen wünschten, daß er entfernt und alle Männer, daß er mit Fußtritten behandelt würde. Das schlimmste dabei war, daß jeder meinte, ich trüge an alledem die Schuld. Aber nun frage ich, wie um Himmels willen konnte ich wissen, daß dieser unschuldige, sanfte Mensch sich in dieser unangenehmen Weise entpuppen würde. Er war fast um die ganze Welt herumgekommen, und sein Schimpfwörter-Lexikon war kosmopolitisch; hauptsächlich bestand es aus gemeinen Brocken, die er in einem Theehause zu Hakodate aufgelesen hatte. Während ich dem einen und andern zuhörte, der mir von Jevons schamlosen Treiben erzählte und sein Blut von mir verlangte, fragte ich mich, wo er überhaupt stecke. Ich war entschlossen, ihn der Gesellschaft auf der Stelle zu opfern.

Aber Jevon war fort, und ganz tief in der Ecke des Speisesaales saß mein lieber, guter Subalternoffizier mit rotem Gesicht und aß Salat.

Ich ging zu ihm und fragte:

„Wo ist denn Jevon?“

„In der Garderobenstube," versetzte der Subalterne, „er wird dort bleiben, bis die Damen fort sind. Wollen Sie mit meinem Gefangenen sprechen?"

Ich wollte nicht mit ihm sprechen, aber ich warf doch einen Blick in die Garderobenstube, und fand dort meinen Gast, wie er auf einigen zusammengerollten Teppichen total betrunken mit abgeknöpftem Kragen und einem Tuch um den Kopf schlief.

Den Rest des Abends über machte ich schüchterne Versuche, die Dinge Mistreß Deemes und andern jungen Damen gegenüber zu erklären und meinen Charakter – denn ich bin ein respektabler Mann – von den schmachvollen Vorwürfen zu reinigen, den die Gäste gegen mich erhoben hatten. Wenn ich gerade keine Erklärungen abgab, so rannte ich nach der Garderobenstube, um zu sehen, ob Jevon nicht am Schlagfluß gestorben wäre. Ich wollte nicht, daß er von meinen Händen sterben sollte, denn er hatte mein Salz gegessen.

Schließlich ging dieser entsetzliche Ball zu Ende, obwohl ich Mistreß Deemes Gunst durchaus nicht wieder erlangt hatte. Als die Damen fort waren, und einige bei dem zweiten Souper Lieder zu hören verlangten, sagte der reizende Subalternaffizier dem Kansamah Indischer Diener., er solle den „Sahib" Herr., der sich im Garderobenzimmer befände, hereinholen und das eine Ende der Tafel abräumen. Als dies gethan war, bildeten wir einen Gerichtshof, mit dem Doktor als Präsidenten.

Jevon wurde von vier Dienern herbeigetragen, und wie ein Leichnam in einem Seciersaal auf den Tisch gelegt, während der Doktor einen Vortrag über die Unmäßigkeit hielt und Jevon dazu schnarchte. Dann gingen wir ans Werk.

Wir färbten sein ganzes Gesicht mit Kork schwarz, und schmierten sein Haar mit Zuckerkreme ein, so daß es wie eine weiße Perrücke aussah. Um das Ganze zu schützen, bis es getrocknet war, setzte einer vom Artilleriedepartement, der die Sache verstand, eine dicke, blaue Papiermütze, die ebenfalls mit Creme beschmiert war, auf Jevons Stirn. Das war wohlweislich Strafe, nicht etwa Spiel. Wir nahmen Gelatine und klebten blaue Gelatine auf seine Nase, gelbe Gelatine auf sein Kinn, grüne und rote Gelatine auf seine Wangen, wobei wir jedes Stück drückten, bis es so fest wie ein Goldschlägerhütchen saß.

Wir schlangen eine Speckschwarte um seinen Nacken und banden dieselbe vorn zu einer Schleife zusammen. Er nickte dazu wie ein Mandarin.

Wir schmierten Gelatine auf die Rückenfläche seiner Hände und machten sie inwendig schwarz, legten ihm kleine Kotelettfasern um die Handgelenke und banden dieselben mit einer Schnur zusammen. Die Enden seines Schnurrbarts machten wir mit Wasserglas steif, wodurch er ein sehr martialisches Aussehen bekam.

Wir drehten ihn um, befestigten seine Rockschöße zwischen den Schultern und brachten auch hier eine Rosette von Kotelettfasern an. Dann schleppten wir das rote Tuch von dem Tanzsaal nach dem Eßzimmer und wickelten ihn darin ein. Dieses Tuch war 60 Fuß lang, und sechs Fuß breit, und er bildete jetzt ein dickes, fettes Bündel, aus dem nur der merkwürdige Kopf herausguckte.

Schließlich schnürten Wir den Rest des Tuches so fest, wie wir nur konnten, mit Kokosnußfaserschnur um seine Füße. Dabei waren wir so ärgerlich, daß wir darüber gar nicht lachten.

Gerade als wir fertig waren, hörten wir das Rollen von Viehwagen, die einige Stühle und Gegenstände fortbrachten, die die Gattin des Generals zu dem Balle geliehen hatte. Nun legten wir Jevon wie einen zusammengerollten Teppich auf einen Wagen, der mit ihm fortfuhr.

Das merkwürdigste aber von der Geschichte ist, daß ich von Jevon nie wieder etwas hörte oder sah. Er verschwand vollständig. Mit den Möbeln wurde er nicht im Hause des Generals abgeliefert, sondern verschwand, wie gesagt, vollständig in der schwarzen Dunkelheit dieser Nacht. Vielleicht starb er und wurde in den Fluß geworfen.

Aber ob er nun tot oder lebendig ist, ich habe mich doch oft gefragt, wie er sich aus dem roten Tuch und von dem Zuckerkreme befreien konnte.

Ich möchte auch wissen, ob Mistreß Deemes je wieder von mir Notiz nehmen wird, und ob ich die infamen Geschichten aus der Welt schaffen werde, die Jevon über meine Manieren und Gewohnheiten zwischen dem ersten und neunten Walzer auf dem Afghanenball im Umlauf brachte; das sitzt noch fester wie Crème.

Darum will ich Tranter von der Bombay-Seite tot oder lebendig haben. Tot ist er mir aber lieber.

Verfehltes Leben.

Es ist durchaus nicht klug, einen Jungen nach dem sogenannten „Lebensbehütungssystem" zu erziehen, besonders, wenn der Junge in die Welt gehen und für sich selbst sorgen soll. Wenn er nicht eine Ausnahme bildet, so wird er gewiß viele unnötige Aergernisse durchzumachen haben, und vielleicht nur, weil er den eigentlichen Zustand der Dinge nicht kennt, wird ihm mancher schwere Kummer beschieden sein.

Man lasse einen jungen Hund im Badezimmer Seife fressen oder einen frischgewichsten Stiefel anknabbern. Er kaut und knabbert daran, bis er nach und nach herausfindet, daß Stiefelwichse und Windsorseife ihn sehr krank machen. Daraus schließt er, daß Seife und Stiefel nicht gesund sind. Ein alter Hund im Hause wird ihm bald zeigen, wie unklug es ist, große Hunde in die Ohren zu beißen. Da er jung ist, so merkt er sich das und geht zu 6 Monaten als ein manierliches kleines Tier mit vernünftigem Appetit in die Welt hinaus. Wäre er jedoch von großen Hunden, Stiefeln und Seife fern gehalten worden, bis er ins hohe Alter gekommen, und seine Zähne sich ausgebildet hätten, dann denke man nur, wie schrecklich krank und elend er sein würde. Man wende dieses Beispiel auf das „Behütungssystem" an, und sehe zu, wie es wirkt. Es klingt nicht hübsch, aber es ist doch von zwei Uebeln das kleinere.

Da war einmal ein Junge, der nach dem „Behütungssystem" aufgezogen worden war, und diese Theorie brachte ihn um. Er blieb sein Leben lang bei seinen Leuten, von der Stunde an, in der er geboren worden war, bis zu der Stunde, wo er nach Sandhurst Militärakademie.kam, wo er fast an der Spitze der Liste stand. Er wurde von einem Privatlehrer in allem unterrichtet und erhielt außerdem das lobende Prädikat, daß er „seinen Eltern nie eine ängstliche Stunde bereitet hatte." Was er in Sandhurst außer den allgemeinen Lehrgegenständen lernte, war nicht gerade sehr hervorragend. Er hatte sich umgesehen und gefunden, daß Seife und Wichse sozusagen sehr gut schmeckten. Er aß ein bischen davon und verließ Sandhurst in nicht ganz so stolzer Stimmung, als wie er hineingekommen war. Dann trat eine Pause ein, und es folgte eine Scene mit seinen Leuten, die viel von ihm erwarteten. Das nächste Jahr verlebte er fern von der Welt in einer Bataillonsgarnison dritter Klasse, wo die jüngeren Offiziere Kinder, und die älteren alte Weiber waren. Schließlich kam er nach Indien, wo er dem Schutze seiner Eltern entzogen war und niemand als sich selbst hatte, an den er sich in schweren Stunden halten konnte.

Nun ist Indien aber ein Land, wo man noch weniger als anderswo die Dinge ernst nehmen darf, – die Mittagssonne ausgenommen. Zu viel Arbeit und zuviel Energie tötet einen Menschen ebenso sicher, als allzu viele Laster und allzu vieles Trinken. Der Flirt bedeutet nicht viel, weil ein jeder bald versetzt wird und „er" oder „sie" die Station bald verläßt, um nie dahin zurückzukehren. Tüchtige Arbeit bedeutet auch nicht viel, weil ein jeder nach seinem schlechtesten Können beurteilt wird, und ein anderer den Ruhm seiner Thätigkeit regelmäßig für sich in Anspruch nimmt. Schlechte Arbeit thut es auch nicht, weil andere Männer noch schlechtere verrichten, und sich unfähige Gesellen in Indien länger halten, als anderswo. Vergnügungen wollen auch nicht viel sagen, weil man sie meistens wiederholt, sobald man sie einmal durchgemacht hat, und die meisten Vergnügungen nur den Zweck haben, andere Leute um ihr Geld zu bringen. Krankheit bedeutet auch nicht viel, weil sie alle Tage vorkommt, und wenn man stirbt, so nimmt ein anderer in den 8 Stunden, die zwischen Tod und Begräbnis liegen, unsern Platz und unser Amt ein. Nichts bedeutet etwas, außer der Urlaub in die Heimat und die Gehaltsauszahlungen, und diese auch nur, weil sie selten sind. Es ist ein schlaffes, müdes Land, wo alle Menschen mit unvollkommenen Mitteln arbeiten, und das Klügste ist, nichts und niemand ernst zu nehmen, sondern, sobald wie möglich, sich nach einem Orte zu flüchten, wo Vergnügen Vergnügen ist, und ein guter Ruf des Besitzes wert ist.

Doch dieser Junge – die Geschichte ist so alt, wie das „Hügelland" – kam hierher und nahm alles ernst. Er war hübsch und wurde verhätschelt. Er nahm die Verhätschlung ernst und grämte sich um Frauen, die nicht wert waren, daß man ein Ponny sattelte, um sie, zu besuchen. Er fand sein neues, freies Leben in Indien sehr schön. Von dem Standpunkt eines Subalternoffiziers sah es ja auch zu Anfang sehr anziehend aus, mit den Spazierritten, den Abendgesellschaften, Tanzveranstaltungen u. s. w., u. s. w. Er kostete davon, wie der junge Hund die Seife kostet; aber er kam zu spät zum Essen, denn sein Gebiß war schon ausgewachsen. Er verstand es nicht, Unterschiede zu machen – genau wie der junge Hund – und konnte nicht begreifen, warum er nicht mit der Hochachtung behandelt wurde, die ihm unter seines Vaters Dach zu teil geworden war. Er zankte sich mit andern jungen Männern, und da er im höchsten Grade empfindlich war, so vergaß er diese Zänkereien nicht und regte sich deshalb auf. Er fand Whist und Gymkhanas Spiel.und Spiele dieser Art (mit denen man sich nach der Arbeit amüsieren soll) gut; doch er nahm sie zu ernst, gerade wie er den „Kater" zu ernst nahm, der dem Trinken folgt. Er verlor beim Whist und Gymkhanas sein Geld, weil sie ihm neu waren.

Er nahm seine Verluste ernst und verschwendete an ein Wettrennen von Ekkaponystuten mit struppigen Mähnen, dessen Einsatz zwei Goldstücke betrug, eine Energie und ein Interesse, als wenn es sich um das Derby gehandelt hätte. Zum Teil war daran die Unerfahrenheit Schuld – gerade wie der junge Hund, der sich mit der Stubendecke herumzerrt – zum Teil der Schwindel, der ihn ergriffen hatte, als er aus seinem ruhigen Leben in den Glanz und die Aufregung eines ungebundenen Treibens trat. Niemand sagte ihm etwas von der Seife und der Wichse, weil ein Durchschnittsmensch es für feststehend annimmt, daß ein anderer Durchschnittsmensch darauf Acht giebt. Es that einem weh, wenn man sah, wie der junge Mensch sich selbst ruinierte, genau wie ein losgelassenes Füllen, das niederstürzt und sich selbst verletzt, wenn es dem Stallknecht fortgelaufen ist.

Dieses ungestüme Verlangen nach Vergnügungen, die nicht wert waren, darüber ein Wort zu verlieren, geschweige denn, sich aufzuregen, dauerte 6 Monate lang – die ganze kalte Jahreszeit hindurch; dann dachten wir, die Hitze und die Erkenntnis, seine Gesundheit verloren, sowie seine Pferde lahm gemacht zu haben, würden ihn ernüchtern und beruhigen. In 99 Fällen von 100 wäre das auch der Fall gewesen. Man kann sehen, daß dieses Prinzip auf jeder indischen Station zur Geltung gelangt. Aber in diesem besonderen Falle versagte es, weil der Junge empfindlich war und alles ernst nahm, wie ich wohl schon siebenmal vorher gesagt habe. Natürlich konnten wir nicht sagen, wie weit ihn seine Exzesse persönlich mitnahmen. Doch es war nichts sehr aufregendes, was das Durchschnittsmaß überschritten hätte. Er mochte sich finanziell ruiniert haben, und brauchte auch ein bischen körperliche Pflege. Die Erinnerung an seine Heldenthaten wäre vielleicht bei heißem Wetter erloschen, und über die Geldklemme hätte ihm wohl „sein Alter“ hinweggeholfen. Er mußte aber wohl eine andere Auffassung von der Sache haben und sich auf immer für ruiniert halten. Außerdem sprach sein Oberst, als das kalte Wetter zu Ende ging, in ernsthaftem Tone mit ihm. Das machte ihn noch unglücklicher, und doch war es nur ein ganz gewöhnlicher „Oberstenanschnauzer“.

Was nun folgt, ist ein merkwürdiges Beispiel für die Art, wie wir alle miteinander verbunden sind und uns gegenseitig die Verantwortung für einander aufbürden. Diesen Jungen brachte eine Bemerkung zum äußersten, die eine Dame im Gespräch zu ihm machte. Es lohnt nicht der Mühe, sie zu wiederholen, denn es war nur eine grausame kleine Bemerkung, die gedankenlos ausgesprochen worden war, und ihn bis zu den Haarwurzeln erröten ließ. Er blieb drei Tage lang eingeschlossen und kam dann um einen zweitägigen Urlaub ein, um in die Nähe des Rasthauses der Kanalingenieure, etwa dreißig Meilen weit, auf die Jagd zu gehen. Er bekam seinen Urlaub und war an diesem Abend im

Offizierskasino lauter und herausfordernder, als je. Er meinte, er wolle „großes Wild“ schießen, und brach um halb elf Uhr in einer Ekka Indischer Wagen.auf. Rebhühner – das ist das einzige, was man in der Nähe des Rasthauses jagen kann, – ist aber kein „großes Wild“, und deshalb lachte ein jeder.

Am nächsten Morgen kam einer der Majore von kurzem Urlaub zurück und hörte, der Junge wäre fortgefahren, um „großes Wild“ zu schießen. Der Major hatte Interesse für den Jungen und mehr als einmal versucht, ihm während der kalten Witterung Vernunft beizubringen. Der Major zog die Augenbrauen in die Höhe, als er von dem Ausflug hörte und ging in des Jungen Zimmer, das er durchsuchte.

Kurz darauf kam er wieder heraus, und da er nur mich im Vorzimmer des Offizierkasinos fand, so sagte er:

„Der Junge ist auf die Jagd gegangen. Schießt man mit einem Revolver und einer Schreibmappe Wild?“

„Unsinn, Herr Major,“ versetzte ich, denn ich merkte, was er damit sagen wollte.

„Unsinn oder nicht Unsinn,“ meinte er, „ich gehe sofort nach dem Kanal, denn ich bin unruhig.“

Dann dachte er eine Minute nach und sagte:

„Können Sie lügen?“

„Das wissen Sie ja am besten,“ erwiderte ich, „es ist ja mein Beruf.“

„Sehr gut,“ sagte der Major, „Sie müssen jetzt sofort mit mir in einer Ekka nach dem Kanal hinausfahren, um Schwarzwild zu schießen. Gehen Sie, ziehen Sie sich einen „Schikär“-Anzug an, und nehmen Sie eine Flinte mit.“

Der Major war ein Biedermann, und ich wußte, daß er nicht unnötiger Weise Befehle gab. Deshalb gehorchte ich, und bei meiner Rückkehr sah ich den Major in einer Ekka sitzen – Flinten und Proviant hinter sich; kurz, alles war zu einem Jagdausflug bereit. Er schickte den Kutscher fort und fuhr selbst. So lange wir in der Station waren, fuhren wir ruhig, doch sobald wir die staubige Landstraße der Ebene erreicht hatten, ließ er das Pony förmlich fliegen. So ein im Lande gezogenes Tier kann schon etwas leisten, wenn man es tüchtig antreibt. Wir legten die 30 Meilen in weniger als 3 Stunden zurück; doch das arme Tier war fast tot.

Unterwegs fragte ich:

„Weshalb diese furchtbare Eile, Herr Major?“

Ruhig versetzte er:

„Der Junge ist ein, zwei, ja jetzt sogar 14 Stunden allein geblieben; ich sage Ihnen, ich bin unruhig.“

Diese Unruhe steckte mich an, und ich half ihm das Pony antreiben.

Als wir nach dem Rasthause der Kanalingenieure kamen, rief der Major nach dem Diener des Jungen, doch er erhielt keine Antwort. Nun gingen wir nach dem Hause und riefen den Jungen beim Namen, doch auch jetzt erhielten wir keine Antwort.

„Oh, er ist auf die Jagd gegangen,“ meinte ich.

Gerade in diesem Augenblick erblickte ich durch eins der Fenster eine kleine brennende Sturmlampe. Es war vier Uhr nachmittags. Wir blieben beide stumm in der Veranda stehen und hielten den Atem an, um jeden Ton aufzufangen, und hörten im Innern des Zimmers das Summen zahlreicher Fliegen. Der Major sprach kein Wort, nahm aber seinen Helm ab, und wir traten ganz leise ein.

Der Junge lag tot auf dem „Tscharpoy“ mitten in dem kahlen, mit Kalk geweißten Zimmer. Das Bett war unberührt, und auf dem Tisch lag des Jungen Schreibmappe mit Photographien. Wie eine vergiftete Ratte war er gestorben!

Leise sprach der Major vor sich hin:

„Armer Junge, armer, armer Teufel!“

Dann wandte er sich von dem Bett fort und meinte:

„Ich brauche Ihre Hilfe bei diesem Geschäft!"

Da ich wußte, daß der Junge sich selbst umgebracht hatte, so begriff ich vollkommen, worin diese Hilfe bestehen sollte; deshalb ging ich an den Tisch, nahm einen Stuhl, steckte mir eine Cigarre an und begann die Schreibmappe durchzusehen; der Major blickte über meine Schulter und sprach wieder vor sich hin:

„Wir sind zu spät gekommen. – Wie eine Ratte in einem Loch! Armer, armer Teufel!"

Der Junge mußte wohl die halbe Nacht damit zugebracht haben, um an seine Leute, seinen Oberst und ein junges Mädchen in der Heimat zu schreiben; sobald er fertig war, mußte er sich erschossen haben, denn er war schon längere Zeit tot, als wir eintraten.

Ich las alles, was er geschrieben hatte und reichte jedesmal, wenn ich fertig war, das Blatt dem Major. Aus seinen Aufzeichnungen ersahen wir, wie bitter ernst er alles genommen hatte. Er schrieb von der „Ungnade", die er außer Stande wäre, zu ertragen – von „unauslöschlicher Scham", „verbrecherischer Thorheit", „verpfuschtem Leben" und so weiter; außerdem noch eine Menge Privatdinge für seinen Vater und seine Mutter, die zu geheiligt sind, um sie hier abzudrucken. Der Brief an das junge Mädchen in der Heimat war der rührendste von allen, und ich war tief bewegt, als ich ihn las. Der Major machte gar keine Anstrengung, nicht zu weinen, und ich achtete ihn deshalb hoch. Er las, und taumelte dabei hin und her, und weinte wie ein Weib, ohne seine Betrübnis verbergen zu wollen. Die Briefe waren so traurig, hoffnungslos und rührend. Wir vergaßen die Thorheiten des Jungen vollständig und dachten nur an den armen Kerl auf dem „Tscharpoy" und an die bekritzelten Blätter, die wir in Händen hielten. Es war einfach unmöglich, die Briefe in die Heimat zu schicken. Sie hätten seinem Vater das Herz gebrochen und seine Mutter getötet, nachdem sie allen Glauben an ihren Sohn in ihnen zerstört.

Schließlich trocknete der Major seine Augen und meinte:

„Nette Mitteilungen für eine englische Familie! Was sollen wir thun?“

Da ich wußte, was der Major vorher gesagt hatte, so versetzte ich:

„Der Junge ist an der Cholera gestorben; wir waren gerade bei ihm. Wir dürfen keine halben Maßregeln treffen; kommen Sie!“

Nun begann eine der gräßlichsten und dabei komischen Scenen, an der ich je Teil genommen; die Ausführung einer großen geschriebenen, mit Beweisstücken ausgestatteten Lüge, um des Jungen Familie zu Hause zu beruhigen. Ich begann, den Brief zu entwerfen; der Major warf hier und da ein Wort ein, während er all' das Zeug zusammensuchte, das der Junge geschrieben hatte, und im Kamin verbrannte. Es war ein heißer, ruhiger Abend, als wir anfingen, und die Lampe brannte sehr schlecht. Nach kurzer Zeit hatte ich einen Entwurf, der mich befriedigte, fertig; ich erzählte, wie der Junge das Muster aller Tugenden, wie beliebt er bei seinem Regiment gewesen, eine große Carrière vor sich gehabt hätte u. s. w., u. s. w.; wie wir ihm in seiner Krankheit beigestanden – man begreift, es war keine Zeit für kleine Lügen – und wie er schmerzlos gestorben war. Ich schluchzte, während ich diese Zeilen niederschrieb und an die armen Leute dachte, die sie lesen würden. Dann lachte ich über das Groteske der Angelegenheit; das Lachen vermischte sich mit dem Schluchzen – und der Major meinte, wir müßten beide etwas trinken.

Ich fürchte mich zu sagen, wieviel Whisky wir tranken, bevor der Brief zu Ende war; doch er übte nicht die geringste Wirkung auf uns aus. Dann steckten wir des Jungen Ringe, Medaillon und Uhr zu uns, und schließlich sagte der Major:

„Wir müssen auch eine Haarlocke abschicken; eine Frau weiß so etwas zu schätzen.“ Es waren aber Gründe vorhanden, weshalb wir keine Locke fanden, die wir hätten abschicken können. Der Junge hatte schwarzes Haar, und der Major glücklicherweise auch. Ich schnitt ein Büschel von des Majors Haaren an der Schläfe ab und legte es in das Paket, das wir fertig machten. Wieder packte mich der Lachkrampf und das Schluchzen, und ich mußte inne halten. Dem Major ging es ebenso, und wir beide wußten, daß der schlimmste Teil der Arbeit jetzt erst kam. Wir versiegelten das Paket, Photographien, Medaillon, Siegelringe, Brief und Haarlocke mit des Jungen Petschaft und Siegellack, dann sagte der Major:

„Lassen Sie uns um Gottes Willen aus diesem Zimmer hinausgehen und nachdenken."

Wir gingen hinaus und wanderten eine Stunde hindurch am Kanal entlang, wobei wir das, was wir bei uns hatten, aßen und tranken, bis der Mond aufging. Ich weiß jetzt genau, welche Gefühle einen Mörder beschleichen. Schließlich wanderten wir doch wieder in das Zimmer mit der Lampe und dem – andern Gegenstand zurück und begannen, die weitere Arbeit vorzunehmen. Ich will das nicht beschreiben, denn es war zu schrecklich. Wir verbrannten die Bettstelle und streuten die Asche in den Kanal, nahmen die Matten des Zimmers und verfuhren damit in derselben Weise. Ich ging nach einem Dorf und borgte mir zwei Spaten; den Beistand der Dorfbewohner lehnte ich ab, während der Major das andere arrangierte. Wir brauchten 4 Stunden schwerer Arbeit, um das Grab fertigzustellen. Während wir arbeiteten, überlegten wir uns, in welcher Weise wir das Begräbnis des Toten vornehmen sollten. Schließlich einigten wir uns, das Vaterunser und ein einfaches Gebet für das Seelenheil des Jungen zu sprechen. Dann warfen wir das Grab zu, gingen in die Veranda – nicht in das Haus – um uns schlafen zu legen, denn wir waren todmüde.

Als wir erwachten, sagte der Major schläfrig:

„Vor morgen können wir nicht zurück, wir müssen ihm genügend Zeit zum Sterben lassen. Vergessen Sie nicht, er ist heute Morgen gestorben, das wird natürlicher erscheinen."

Der Major mußte wohl die ganze Nacht wach geblieben sein, um sich die Sache auszudenken.

„Warum haben wir aber die Leiche nicht nach der Station zurückgebracht?" versetzte ich, „danach wird man uns sicherlich fragen."

Der Major dachte einen Augenblick nach und erwiderte:

„Weil die Leute flüchteten, als sie von der Cholera hörten, außerdem ist ja auch der Wagen fort!“

Das war durchaus richtig. Wir hatten das Pony ganz vergessen, und dieses war nach Hause gelaufen.

So waren wir denn den ganzen drückend-heißen Tag allein im Rasthause am Kanal, wo wir unsere Geschichte von des Jungen Tod immer wieder und wieder durchgingen, um zu sehen, ob sie auch nicht etwa Mängel aufwies. Am Nachmittag erschien ein Eingeborener, doch wir sagten ihm, ein „Sahib“ wäre an der Cholera gestorben, und er rannte schleunigst fort. Als die Dämmerung hereinbrach, erzählte mir der Major alle Befürchtungen, die er wegen des Jungen gehegt; auch berichtete er schreckliche Geschichten von Selbstmord oder Selbstmordversuchen, bei denen einem das Haar zu Berge stand. Er sagte, er wäre selbst einmal beinahe in dasselbe Schattenthal gegangen, wie der Junge, als er jung und selbst noch ein Neuling in dem Lande war; deshalb könne er begreifen, wie es in dem armen, verdrehten Kopf des Jungen getobt haben mochte. Er sagte auch, daß die jungen Leute in den Augenblicken der Reue ihre Sünden viel ernster und unverzeihlicher halten, als sie wirklich sind. Wir unterhielten uns den ganzen Abend über und gingen die Geschichte von dem Tode des Jungen noch einmal durch. Sobald der Mond aufging und der Junge „theoretisch“ eben begraben worden war, brachen wir nach der Station auf. Wir wanderten von 8 bis 6 Uhr morgens, und obwohl wir todmüde waren, vergaßen wir doch nicht, nach des Jungen Zimmer zu gehen und den Revolver mit der vollständigen Anzahl von Patronen in den Revolverbeutel zu legen. Wir legten auch die Schreibmappe auf den Tisch. Dann suchten wir den Oberst auf und berichteten ihm den Todesfall, wobei wir uns mehr wie je als Mörder vorkamen. Darauf gingen wir zu Bett und schliefen den ganzen Tag hindurch, denn wir hatten nicht mehr die geringste Kraft in den Gliedern. Die Geschichte wurde geglaubt, so lange es eben erforderlich war; denn ehe 14 Tage um waren, war der Junge von allen vollständig vergessen. Indessen bemerkten doch manche Leute, der Major habe skandalös gehandelt, daß er den Leichnam nicht zu einer Bestattung mit militärischen Ehren zurückgebracht hatte. Das traurigste aber war der Brief von des Jungen Mutter an den Major und mich, der auf der ganzen Seite mit großen Tintenflecken beklext war. Sie schrieb die liebenswürdigsten Dinge über unsere Freundlichkeit, und wie sehr sie sich ihr ganzes Leben uns verpflichtet fühlen würde.

Im Grunde genommen, war sie uns ja auch verpflichtet, aber nicht so, wie sie es meinte.

Lispeth.

Sie war die Tochter des Sonoo, eines Bergbewohners und der Jadeh, seiner Frau. Als ihnen in einem Jahre die Maisernte fehlschlug und zwei Bären nachts in ihr einziges Mohnfeld einbrachen, das gerade über dem Thale Sutley in der Nähe von Kortagh gelegen war, wurden sie im folgenden Jahre Christen und brachten ihr Kind nach der Mission, um es taufen zu lassen. Der Kaplan von Kortagh nannte die kleine Elisabeth, was im Sahari oder Bergdialekt zu Lispeth wurde.

Später wütete die Cholera im Thale Kortagh und raffte Sonoo und Jadeh dahin. Lispeth war halb die Magd und halb die Gesellschafterin der Frau des Kaplans zu Kortagh.

Ob nun das Christentum Lispeth besser machte, oder ob die Götter ihres Volkes unter allen Umständen dasselbe bei ihr bewirkt hätten, weiß ich nicht; aber sie wuchs auf und ward reizend! Wenn ein Mädchen aus den Bergen hübsch ist, so ist es der Mühe wert, fünfzig Meilen auf schlechten Wegen zu wandeln, um sie sich anzusehen. Lispeth hatte den „Typus", sie besaß eines jener Gesichter, die man so häufig gemalt sieht, und so selten trifft. Ihre Gesichtsfarbe war blasser als Elfenbein und sie war für ihre Rasse ungewöhnlich groß. Auch ihre Augen waren wunderbar. Wenn man Lispeth unvermutet im Berge traf, so hätte man glauben können, die jagende Diana vor sich zu sehen, obwohl sie nur jene abscheulichen bedruckten Stoffe trug, die in den Missionen eingeführt sind.

Lispeth fand bald Geschmack am Christentum, und als sie älter wurde, verließ sie es nicht, wie viele Mädchen aus den Bergen. Ihr Volk verabscheute Lispeth, weil sie, wie sie behaupteten, eine Memsahib war und sich alle Tage wusch. Die Frau des Kaplans wußte nicht, was sie mit ihr anfangen sollte. Es ist sehr schwer, eine 5 Fuß 10 Zoll hohe Göttin zu bitten, sie möchte das Geschirr abwaschen. Nun spielte Lispeth mit den Kindern des Kaplans, nahm die Sonntagsschule mit, las alle Bücher im Hause und wurde immer schöner, wie die Prinzessin der Feenmärchen. Die Frau des Kaplans sagte, das junge Mädchen solle sich in Simla einen Dienst als Kinderbonne oder eine andere passende Stellung suchen. Aber Lispeth hatte dazu keine Lust. Sie fühlte sich da, wo sie war, sehr glücklich.

Wenn Reisende nach Kortagh kamen – damals kamen noch nicht viel – dann schloß sich Lispeth in ihr Zimmer ein, aus Furcht, nach Simla oder anderswohin, weit fort, in die unbekannte Welt mitgenommen zu werden.

Lispeth war seit einigen Monaten 17 Jahre alt. Eines Tages ging sie aus, um einen Spaziergang zu machen. Sie ging nicht wie die Engländerinnen ein bis zwei Meilen zu Fuß und fuhr zurück im Wagen. Sie legte bei ihren Ausflügen 20-30 Meilen zurück und zwar ging sie sehr schnell die Strecke von Kortagh nach Narkunda. Bei jenem Spaziergang kam Lispeth bei Einbruch der Nacht zurück, etwas Schweres in ihren Armen tragend. Mit dieser Last stieg sie den sehr steilen Hügel hinunter, der nach Kortagh führt. Die Frau des Kaplan schlummerte im Salon, als Lispeth, ganz atemlos, unter dem Gewicht ihrer Bürde fast erliegend, eintrat. Lispeth legte dieselbe auf das Sofa und sagte: „Das ist mein Gatte. Ich habe ihn auf dem Wege nach Bagi gefunden. Er ist verwundet. Wir werden ihn pflegen. Wenn er genesen ist, wird der Kaplan uns verheiraten."

Diese erste Anspielung Liespeths auf ihre Heiratspläne veranlaßte die Frau des Kaplans, ein lautes Geschrei auszustoßen. Doch der Verwundete, den Lispeth auf das Sofa gelegt hatte, verlangte sofortige Pflege. Er war ein junger Engländer. Sein Kopf war von einem spitzen Gegenstand bis auf den Knochen durchschnitten worden. Lispeth erklärte, den jungen Mann im Khud gefunden und von dort hergetragen zu haben. Er atmete mühsam und war bewußtlos.

Man brachte den Verwundeten zu Bett; der Kaplan, der ein bischen Medizin verstand, behandelte ihn. Lispeth wartete auf der anderen Seite der Thür, um sofort einzutreten, wenn ihre Anwesenheit von Nutzen sein konnte. Sie erklärte dem Kaplan, sie wäre entschlossen, diesen Menschen zu heiraten. Der Kaplan und seine Frau setzten ihr in strengem Tone auseinander, wie unpassend ihr Benehmen wäre. Lispeth hörte ihre Ermahnungen ruhig an und wiederholte dieselben Worte. Es bedarf einer langen, langen christlichen Erziehung, um die wilden Instinkte der Orientalen, zu denen auch die Liebe auf den ersten Blick gehört, zu verwischen. Da sie einen Mann gefunden, den sie anbetete, so begriff Lispeth nicht, warum sie ihre Wahl verschweigen sollte. Sie ließ sich weder mehr aus dem Hause, noch aus dem Zimmer fortschicken, in dem sie den verwundeten Engländer so lange zu Pflegen gedachte, bis er kräftig genug war, um sie zu heiraten. Das war ihr Programm.

Nach 14 Tagen des Fiebers kam der Engländer wieder zu sich, und dankte dem Kaplan, seiner Frau und Lispeth – namentlich Lispeth – für ihre Güte. Er reise im Orient, sagte er, und war aus Dehra Dnu gekommen, um auf den Bergen in der Umgegend von Simla Pflanzen und Schmetterlinge zu suchen. Er glaubte, in eine Schlucht gestürzt zu sein, als er sich bückte, um ein Farrenkraut auszureißen, das auf dem Stumpfe eines verfaulten Baumes wuchs. Seine Kulis hatten jedenfalls sein Gepäck geraubt und sich aus dem Staube gemacht. Der junge Engländer hatte die Absicht, nach Simla zurückzukehren, sobald er sich nicht mehr so schwach fühle. Er hatte keine Lust mehr zu weiteren Ausflügen.

Der Verwundete beeilte sich keineswegs, Kortagh zu verlassen, und kam langsam wieder zu Kräften. Lispeth wollte die Ratschläge des Kaplans und seiner Frau nicht befolgen, und nun erzählte der Kaplan dem jungen Engländer, was in dem Herzen des Mädchens vorging. Dieser lachte herzlich und meinte, es wäre sehr hübsch, sehr romantisch, eine richtige Idylle vom Himalaya. Da er aber mit einem in England lebenden jungen Mädchen verlobt wäre, so hätte die Sache übrigens gar keine Bedeutung. Er würde gewiß klug verfahren. Er hielt sein Versprechen auch. Aber er fand es doch sehr angenehm, mit Lispeth zu plaudern, mit ihr spazieren zu gehen, ihr liebenswürdige Dinge zu sagen und ihr kleine vertrauliche Beinamen zu geben, während er genas und sich zur Abreise anschickte. Diese Intimität hatte für ihn nichts zu sagen; für die arme Lispeth war er alles auf der Welt. Vierzehn Tage war sie sehr glücklich, weil sie einen Mann gefunden, den sie liebte.

Da Lispeth eine Wilde war, so nahm sie sich keine Mühe, ihre Gefühle zu verbergen, und der Engländer amüsierte sich über ihre Naivität. Als er abreiste, begleitete ihn Lispeth in die Berge bis nach Narkunda; sie war sehr verwirrt und höchst unglücklich.

Die Frau des Kaplans, die vor allem den Skandal und das Aufsehen fürchtete, hatte den jungen Engländer gebeten, Lispeth zu sagen, er würde wiederkommen, und sie heiraten. – „Sie ist nur ein Kind," sagte sie, „und wissen Sie, ich fürchte, sie ist im Grunde ihres Herzens doch nur eine Heidin." Daher schlang der Engländer, während sie einen 12 Meilen langen Weg hinaufstiegen, seinen Arm um Lispeths Taille und versicherte sie, er würde wiederkommen und sie heiraten. Lispeth ließ ihn sein Versprechen unaufhörlich wiederholen. Sie weinte auf dem Gipfel des Narkunda-Berges, bis er im Fußpfad von Multiani ihren Blicken entschwand.

Nun trocknete Lispeth ihre Thränen, kehrte nach Kortagh zurück und sagte zu der Frau des Kaplans: „Er wird wiederkommen und mich heiraten. Jetzt ist er zu seinen Eltern gereist, um es ihnen zu sagen." Die andere beruhigte Lispeth und wiederholte: „Ja, er wird wiederkommen." Nach zweimonatlichem Warten fing Lispeth an, die Geduld zu verlieren. Man sagte ihr, der Engländer müsse Meere durchfahren, um nach England zu gelangen. Sie wußte, wo England lag, denn sie hatte kleine geographische Aufsätze gelesen, doch sie konnte sich natürlich nicht vorstellen, was das Meer war, da sie stets nur ihre Berge gesehen hatte. Im Hause befand sich eine alte auf Holz geklebte Weltkarte. Als sie noch Kind war, hatte sie immer mit dieser Karte gespielt.

Sie suchte sie auf, setzte die Stückchen – die Karte war nämlich zerschnitten worden – zusammen, weinte abends und versuchte sich vorzustellen, wo sich ihr Engländer wohl befinden könnte. Da sie weder von Entfernungen, noch von Dampfschiffen eine Ahnung hatte, so waren ihre Annahmen etwas irrig. Uebrigens hätte das auch keinen Unterschied gemacht, wenn sie richtig geraten hätte. Der Engländer hatte durchaus nicht die Absicht, zurückzukommen und ein Bergmädchen zu heiraten. Kurze Zeit nach seiner Abreise fing er Schmetterlinge in Assam und hatte seine Krankenpflegerin schon vollständig vergessen. In der Folge schrieb er ein Buch über den Orient. Doch Lispeths Name fand sich nicht darin vor.

Nach dreimonatlichem Warten pilgerte Lispeth tagtäglich nach Narkund und betrachtete die Landstraße, auf der der Engländer kommen mußte. Diese Märsche beruhigten sie ein wenig. Als die Frau des Kaplans sie fröhlicher sah, glaubte sie, sie vergäße diese barbarische und unpassende Thorheit. Doch bald konnten auch die Ausflüge Lispeths Ungeduld nicht mehr dämpfen; ihr Charakter wurde abscheulich. Die Frau des Kaplans hielt den Augenblick für gekommen, Lispeth die Wahrheit mitzuteilen; der Engländer hatte ihr seine Liebe versprochen, um sie zu beruhigen, doch er hätte nie ernste Absichten gehabt. Es wäre schlecht und unpassend von Lispeth, an die Ehe mit einem Engländer zu denken, der einer höheren Klasse angehörte und außerdem mit einer Engländerin verlobt war. Lispeth erwiderte, das alles wäre unmöglich; hatte er ihr nicht gesagt, daß er sie liebte, und hatte die Frau des Kaplans ihr nicht versichert, der Engländer würde wiederkommen?

„Was er gesagt hat und was Sie gesagt haben, ist also nicht wahr?“ fragte Lispeth.

„Wir haben dir das nur erzählt, um dich zu beruhigen,“ versetzte die Frau des Kaplans.

„Sie haben mich also belogen, Sie und er,“ rief Lispeth.

Die Frau des Kaplans senkte das Haupt und schwieg. Lispeth blieb einige Augenblicke stumm; dann ging sie ins Thal hinunter und kam in ihrem furchtbar schmutzigen Bergkostüm wieder, doch ohne Ringe in der Nase und in den Ohren. Sie trug den langen Zopf ihrer geflochtenen Haare mit schwarzen Faden durchzogen, wie die Bergfrauen sie tragen, und sagte:

„Ich kehre zu meinem Volke zurück. Ihr habt Lispeth getötet. Jetzt ist nur noch die Tochter der Jadeh, die Tochter eines Pahari und die Anbeterin des Tarka Devi übrig. Ihr seid alle Lügner, ihr Engländer!“

Als die Frau des Kaplans sich von dem Schlage erholt, den ihr Lispeth dadurch versetzt, daß sie ihr mitteilte, sie werde zu ihren Göttern zurückkehren, war das junge Mädchen schon fort. Sie kam nie wieder, sondern faßte eine wilde Leidenschaft für ihr gräßliches Volk.

Einige Zeit darauf heiratete sie einen Holzhauer, der sie nach den Gewohnheiten der Paharis schlug, und ihre Schönheit welkte bald dahin.

„Es giebt kein Gesetz, das die Launen der Heiden zu erklären vermag,“ sagte die Frau des Kaplans, „und ich glaube, daß Lispeth im Grunde ihres Herzens stets eine Ungläubige gewesen ist.“

Da Lispeth in den Schooß der anglikanischen Kirche in dem reifen Alter von fünf Wochen eingetreten war, so machte diese Behauptung der Frau des Kaplans gerade keine Ehre.

Lispeth starb in sehr hohem Alter. Sie sprach mit Leichtigkeit englisch, und man konnte sie manchmal dazu bringen, die Geschichte ihrer ersten Liebe zu erzählen.

Es wurde einem schwer, sich dieses schmutzige, runzliche Geschöpf als die Lispeth der Mission Kortagh vorzustellen.

Cupidos Pfeile.

Es lebte einmal in Simla ein sehr hübsches Mädchen, die Tochter eines armen, aber ehrenwerten Bezirksrichters. Sie war ein gutes Mädchen, das aber ihre Macht kannte und dieselbe auch ausübte. Ihre Mama war um die Zukunft ihrer Tochter sehr besorgt, wie es jede gute Mama sein sollte.

Wenn ein Mann Kommissionär und Junggeselle ist und das Recht hat, in Gold gefaßte Juwelen und Emaille auf seinen Kleidern zu tragen, wenn er – bis auf ein Ratsmitglied, den Gouverneurleutnant und den Vicekönig, den Vortritt vor allen hat, so verdient er es, daß man ihn heiratet. Wenigstens sagen das die Damen. Da war nun zu damaliger Zeit ein Kommissionär in Simla, der all' das, was ich gesagt habe, war, trug und that. Er war bis auf zwei Ausnahmen der häßlichste Mensch in ganz Asien. Sein Gesicht gehörte zu denen, die man im Traum sieht und nachher auf einen Pfeifenkopf zu schnitzen versucht. Sein Name war Saggott – Saggott-Barr – Anthony Barr-Saggott und sechs Buchstaben hinterdrein. Als Titelkürzung.Als Beamter war er einer der tüchtigsten Leute, die die indische Regierung besaß. Gesellschaftlich glich er einem sich freundlich gebärdenden Gorilla. Als er Miß Beighton seine Aufmerksamkeit zuwandte, glaube ich, weinte Mistreß Beighton vor Vergnügen über die Belohnung, die die Vorsehung ihr in ihren alten Tagen schickte. Herr Beighton hielt den Mund; er war ein unbedeutender Mensch.

Ein Kommissionär ist fast immer sehr reich. Sein Einkommen ist geeignet, weitgehende Ansprüche zu befriedigen; es ist so ungeheuer, daß er es sich leisten kann, so viel zusammenzusparen und zusammenzuscharren, daß selbst ein Mitglied des Staatsrates dadurch in Mißkredit kommen könnte. Die meisten Kommissionäre sind geizig, doch Barr-Saggott war eine Ausnahme. Er trieb einen königlichen Aufwand; hielt sich prächtige Pferde, veranstaltete Bälle, war eine Macht im Lande und benahm sich auch als solche.

Man bemerke wohl, daß alles, was ich schreibe, sich in einer fast prähistorischen Aera der britisch-indischen Geschichte zugetragen hat. Manche Leute erinnern sich wohl noch an die Jahre, bevor das Lawn-Tennis geboren wurde, und wir alle Crocket spielten. Ob man mir es nun glaubt oder nicht, es gab sogar eine Zeit, wo selbst das Crocket noch nicht erfunden war, und das Bogenschießen, das im Jahre 1844 in England zu neuem Leben erweckt wurde, eine ebenso große Plage war, als es das Lawn-Tennis heute ist. Miß Beighton schoß auf Damendistanz, das heißt

60 Yard, himmlisch, und galt für die beste Bogenschützin in Simla. Die Männer nannten sie die „Diana von Tara-Devi."

Barr-Saggott erwies ihr viele Aufmerksamkeiten, und das Herz ihrer Mutter schlug, wie ich bereits gesagt habe, infolgedessen höher. Kitty Beighton sah die Sache ruhiger an. Es war sehr angenehm, von einem Kommissionär mit mehreren Buchstaben hinter dem Namen vorgezogen zu werden, und die andern Mädchen daraufhin neidisch zu machen; doch die Thatsache ließ sich nicht leugnen, daß Barr-Saggott außergewöhnlich häßlich war, und daß alle Bemühungen, sich zu putzen, ihn noch grotesker erscheinen ließen. Nicht umsonst hatte man ihn „Langur", was grauer Affe bedeutet, getauft. Kitty dachte, es wäre ganz amüsant, jemand zu ihren Füßen liegen zu haben, noch besser war es, ihm zu entwischen und mit dem gottlosen Cubbon vom Dragonerregiment in Umballa auszureiten, der zwar ein hübsches Gesicht, aber keinerlei Aussichten hatte. Er leugnete keinen Augenblick, daß er bis über beide Ohren in sie verliebt sei, denn er war ein ehrlicher Junge. So flüchtete sich denn Kitty dann und wann von den würdevollen Bewerbungen Barr-Saggotts zu der Gesellschaft des jungen Cubbon, wurde aber infolgedessen von ihrer Mama ausgezankt.

„Aber Mama," sagte sie, „Mister Saggott ist so – so – so schrecklich häßlich."

„Mein liebes Kind," versetzte Mistreß Beighton würdevoll, „wir können nicht anders sein, als die allweise Vorsehung uns geschaffen hat. Außerdem wirst du dann vor deiner eigenen Mutter den Vortritt haben; denke daran und sei vernünftig."

Dann nahm Kitty ihr kleines Kinn in die Hand, und sagte unziemliche Worte über den Vortritt, die Kommissionäre und die Ehe. Herr Beighton aber kratzte sich den Kopf, denn er war ein unbedeutender Mensch.

Als die Saison vorgerückt war und Barr-Saggott die Zeit für gekommen erachtete, entwickelte er einen Plan, der seinem administrativen Können ein gutes Zeugnis ausstellte. Er arrangierte ein Bogenschießen für Damen, und stiftete als Preis ein mit Brillanten besetztes Armband. Die

Bedingungen arbeitete er sehr geschickt aus, und jeder merkte, daß das Armband ein Geschenk für Miß Beighton war; die Annahme desselben zog Hand und Herz des Kommissionärs Barr-Saggott nach sich. Die Bedingungen waren 36 Schuß auf 60 Yards nach den Regeln der Simlaer Schützengesellschaft, und zwar sollte nach einer St. Leonardsscheibe geschossen werden. Ganz Simla war eingeladen. In Annandale waren unter den Zedern hübsche Theetische aufgestellt, und in der Sonne blinkend lag, ganz allein in seinem Glanze, in einem blauen Sammet-Etui das Diamantarmband. Miß Beighton war bereit, fast zu bereit, sich um den Preis zu bewerben. An dem festgesetzten Nachmittag ritt ganz Simla nach Annandale hinaus, um bei dem umgekehrten Urteil des Paris als Zeugen zu dienen. Kitty ritt mit dem jungen Cubbon, und man konnte leicht sehen, daß der junge Mann aufgeregt war. Man mußte ihn wohl über alles, was folgte, im Unklaren gelassen haben. Kitty war blaß und nervös, und blickte lange Zeit nach dem Armband. Barr-Saggott war prächtig herausstaffiert, noch nervöser als Kitty und häßlicher als je.

Mistreß Beighton lächelte herablassend, wie es sich für die Mütter einer allmächtigen Kommissionärsfrau geziemt, und das Schießen begann; die ganze Gesellschaft stand im Kreise herum, während die Damen, eine nach der andern, nähertraten. Nichts ist so langweilig, als ein Wettschießen. Sie schossen und schossen und schossen weiter, bis die Sonne aus dem Thale schied, und ein leichter Wind durch die Zedern strich. Die Leute warteten, daß Miß Beighton schießen und gewinnen sollte. Cubbon stand an einem Ende des Halbkreises, der sich um die Schießenden gebildet hatte, und Barr-Saggott an dem andern. Miß Beighton stand als letzte auf der Liste. Das Resultat war schwach gewesen, und das Armband wurde samt Kommissionär Barr-Saggot sicherlich ihr Eigentum.

Der Kommissionär spannte ihr mit seinen eigenen geheiligten Händen den Bogen. Sie trat vor, betrachtete das Armband, und ihr erster Pfeil flog haarscharf gerade mitten in das „Gold", das 9 Points ausmachte.

Der junge Cubbon aus der linken Seite wurde blaß, während Barr-Saggott vergnüglich schmunzelte. Gewöhnlich aber wurden die Pferde scheu, wenn Barr-Saggott schmunzelte, und Kitty sah dieses Schmunzeln.

Sie blickte zur Linken, nickte Cubbon kaum merklich zu und schoß weiter.

Ich wünschte, ich könnte die Scene, die nun folgte, beschreiben. Sie war außergewöhnlich und höchst unerwartet. Miß Kitty spannte den Bogen mit größter Ueberlegung, so daß jeder sehen konnte, was sie that. Sie war eine vorzügliche Schützin, und ihr 46 Pfundbogen war ihr eine Kleinigkeit. Viermal hintereinander traf sie die hölzernen Beine des Scheibenständers. Einmal traf sie die hölzerne Spitze des Ständers, und alle Damen sahen einander an. Dann fing sie wieder an, auf das „Weiß“ zu schießen, wo jeder Schuß, wenn man trifft, einen Point zählt. So schoß sie 5 Pfeile ins Weiße. Es war ein wunderbares Schießen; doch da es ihre Aufgabe war, ins „Gold“ zu treffen und das Armband zu gewinnen, so wurde Barr-Saggotts Gesicht zartgrün wie junges Seegras. Dann schoß sie zweimal über den Scheibenständer hinaus, dann zweimal nach links, und zwar immer mit derselben Ueberlegung, während sich der Gesellschaft eine frostige Kälte bemächtigte und Mistreß Beighton ihr Taschentuch herauszog. Dann schoß Kitty an die Zielscheibe auf die Erde und zerbrach mehrere Pfeile. Darauf erzielte sie ein „Rot“ oder sieben Points, nur um zu zeigen, was sie konnte, wenn sie wollte, und beendigte ihre merkwürdige Vorführung mit einigen „Phantasie“schüssen nach dem Fuß der Scheibe. Im Ganzen erzielte sie folgendes Resultat:

Miß Beighton:	Gold	Rot	Blau	Schwarz	Weiß	Treffer	Totalergebnis
	1	1	0	0	5	7	21

Barr-Saggott sah aus, als ob die letzten Pfeilspitzen anstatt in die des Scheibenständers in seine Beine gedrungen wären, und die tiefe Stille wurde von einem kleinen, schnippischen, sommersprossigen, halbwüchsigen Mädchen unterbrochen, das mit schriller Stimme triumphierend ausrief:

„Dann habe ich ja gewonnen!“

Mistreß Beighton suchte die Niederlage möglichst zu ertragen; jedoch sie weinte in Gegenwart der Leute. Eine solche Enttäuschung vermochte sie nicht zu verwinden. Kitty spannte ihren Bogen mit starkem Ruck ab, und ging an ihren Platz zurück, während Barr-Saggott so that, als freue er sich, als er das Armband um das rauhe, rote Handgelenk des schnippischen Mädchens legte. Es war eine peinliche, höchst peinliche Scene. Jeder versuchte, sich mit der großen Menge zu entfernen, und Kitty ihrer Mutter auf Gnade und Ungnade zu überlassen.

Doch Cubbon führte sie fort und – der Rest lohnt nicht gedruckt zu werden.

Miß Joughals Reitknecht.

Manche Leute erklären, es gäbe in Indien keine Romantik. Diese Leute irren sich. Unser Leben hat gerade so viel Romantik, als für uns gut ist. Manchmal sogar noch mehr.

Strickland gehörte zur Polizei, und die Leute verstanden ihn nicht; darum meinten sie, er wäre ein zweifelhafter Mensch und gingen an ihm vorüber auf die andere Seite. Daran war Strickland aber selbst schuld. Er hielt die merkwürdige Theorie aufrecht, ein Polizist müsse in Indien soviel von den Eingeborenen erfahren, als diese selbst wissen. In ganz Vorderindien giebt es aber nur einen einzigen Menschen, der sich, wie es ihm gerade beliebt, für einen Hindu oder Mohammedaner, Tschapar oder Fakir ausgeben kann. Er wird von den Eingeborenen vom Ghor Kathri bis zum Jamma Musjid gefürchtet und geachtet, und steht in dem Rufe, er besitze die Gabe, sich unsichtbar zu machen und über viele Teufel zu herrschen. Doch was hat ihm das bei der Regierung genützt? Absolut gar nichts. Er hat nicht einmal ein Amt in Simla bekommen, und sein Name ist den Engländern fast unbekannt.

Strickland war toll genug, sich diesen Mann zum Muster zu nehmen und, seiner thörichten Theorie folgend, trieb er sich an zweideutigen Orten herum, die zu betreten keinem vernünftigen Menschen einfallen würde, und mischte sich dort unter das Pack von Eingeborenen. In dieser eigentümlichen Art und Weise erzog er sich selbst sieben Jahre lang, und die Leute verstanden das nicht zu würdigen. Als er sich einmal auf Urlaub befand, wurde er in Allahabad in den „Satbhai" eingeführt; er kannte den Eidechsengesang des Sansis und den Halli-Huck-Tanz, einen religiösen Cancan wildester Art. Wenn jemand weiß, wie, wo und wann der Halli-Huck getanzt wird, so weiß er etwas, worauf er stolz sein kann. Er ist dann schon tiefer eingedrungen. Doch Strickland war nicht stolz, obwohl er einmal in Jagadhri beim Malen des „Totenochsen" geholfen hatte, dem kein Engländer zusehen darf. Er hatte in der Nähe von Attock ganz allein einen Pferdedieb gefangen genommen, und in einer Moschee nach Art eines „Sunni-Mollah" den Gottesdienst geleitet.

Sein Hauptstück aber bestand darin, daß er sich elf Tage in den Gärten von Baba-Atal zu Amritsar als Fakir aufhielt, um hier die Fäden des großen Nasiban-Mordes aufzufinden. Doch die Leute sagten mit ziemlicher Berechtigung: „Warum in aller Welt kann Strickland nicht in seinem Bureau sitzen bleiben, seine Rapporte schreiben, sich ausruhen und ruhig verhalten, anstatt auf die Unfähigkeit seiner Vorgesetzten hinzuweisen?" So nützte ihm der Nasiban-Mordfall bei seiner Behörde gar nichts; doch als sein erster Zorn vorüber war, kehrte er zu seiner merkwürdigen Gewohnheit, das Leben und Treiben der Eingeborenen zu beobachten, zurück. Wenn übrigens jemand an diesem eigentümlichen Vergnügen einmal Geschmack gefunden hat, so giebt er es sein ganzes Leben nicht auf. Es ist die anziehendste Beschäftigung auf der Welt, die Liebe nicht ausgenommen. Wo andere Leute auf zehn Tage nach den „Hügeln" reisten, nahm Strickland für das, was er „Shikar" nannte, vollständigen Urlaub, legte die Verkleidung an, die ihm gerade zur Zeit zweckdienlich erschien, mischte sich unter die braune Menge und ging auf eine Zeit lang in ihr unter. Er war ein ruhiger, brünetter junger Mann mit kleinen, schwarzen Augen und magerer Gestalt, und wenn er gerade nicht an etwas anderes dachte, ein interessanter Gesellschafter. Es war der Mühe wert, Strickland von den Fortschritten der Eingeborenen erzählen zu hören. Die Eingeborenen haßten Strickland, doch sie fürchteten ihn auch; er wußte zuviel.

Als die Youghals in die Station kamen, verliebte sich Strickland – sehr ernsthaft, wie er alles that – in Miß Youghal; und nach einer Weile verliebte auch sie sich in ihn, weil sie ihn nicht verstehen konnte. Dann sprach Strickland mit den Eltern; doch Mistreß Youghal sagte, sie wolle ihre Tochter nicht in den am schlechtesten bezahlten Bezirk des ganzen Reiches wegwerfen, und der alte Youghal meinte mit vielen Worten, er hätte kein Vertrauen zu Stricklands Treiben und Werken, und wäre ihm dankbar, wenn er mit seiner Tochter nicht mehr sprechen und ihr auch nicht mehr schreiben wolle.

„Sehr wohl," sagte Strickland, denn er wollte seiner Herzallerliebsten das Leben nicht schwer machen. Nach einer langen Unterredung mit Miß Youghal ließ er die Sache vollständig fallen.

Im April zogen die Youghals nach Simla.

Im Juli nahm Strickland, „wegen dringender Privatangelegenheiten" einen dreimonatlichen Urlaub. Er verschloß sein Haus – obwohl kein Eingeborener in der ganzen Provinz die Sachen von „Estreekin-Sahib" wissentlich angerührt haben würde – (selbst wenn man ihm die Welt dafür versprochen hätte), und reiste nach Tarn Taran, um dort einen seiner Freunde, einen alten Färber, aufzusuchen.

Hier ging jede Spur von ihm verloren, bis ein Sais Reitknecht.mir auf der Simlapost folgendes merkwürdige Billet übergab.

> „Alter Freund!
>
> Geben Sie bitte dem Vorzeiger dieses eine Kiste Cigarren Superior Nr. 1. Das sind die besten aus dem Club. Ich werde sie bezahlen, wenn ich wiederkomme, doch jetzt stehe ich außerhalb der Gesellschaft.
>
> Ihr E. Strickland."

Ich bestellte zwei Kisten und händigte sie dem „Sais“ mit meinen Grüßen ein. Dieser Sais war Strickland selbst; er stand in Diensten des alten Youghal, und hatte für Miß Youghals „Araber“ zu sorgen. Der arme Junge hatte großes Verlangen nach einer englischen Cigarre, und er wußte, daß ich, was auch geschehen mochte, bis die Sache vorüber war, den Mund halten würde.

Später erzählte Mistreß Youghal, die gerne über ihre Dienstleute schwatzte, in den Häusern, die sie besuchte, von ihrem Musterexemplar von „Sais“; sie erzählte, dieser Mann hätte nie soviel zu thun, um nicht morgens aufzustehen und Blumen für den Frühstückstisch zu pflücken; auch wichste er, – er wichste tatsächlich – die Hufe seiner Pferde, wie ein Londoner Kutscher! Das Aussehen von Miß Youghals Araber war vorzüglich, und das Tier machte sich prächtig. Strickland – Dullov nannte er sich – fand seine Belohnung in den freundlichen Bemerkungen, die Miß Youghal zu ihm machte, wenn sie ausritt. Ihre Verwandten freuten sich, daß sie die thörichte Liebe für den jungen Strickland so vollständig vergessen hatte und meinten, sie wäre ein gutes Mädchen.

Strickland schwor, die beiden Monate seines Dienstes wären die strengste geistige Disziplin gewesen, die er je durchgemacht hätte. Ganz abgesehen von der kleinen Thatsache, daß sich die Frau eines andern „Sais“ in ihn verliebte und ihn mit Arsenik zu vergiften versuchte, weil er nichts mit ihr zu thun haben wollte, mußte er sich auch üben, sich ruhig zu verhalten, wenn Miß Youghal mit irgend einem Manne ausritt, der mit ihr zu „flirten“ versuchte, während er mit der Decke hinterhertraben und jedes Wort hören mußte. Er mußte sich auch mäßigen, als er von einem Polizisten in „Benmore“ angeschnauzt wurde – namentlich aber, als ihn ein „Naik“ ausschimpfte, den er selbst in dem Dorfe Isser-Jang angeworben – noch schlimmer aber war es, als ihm ein junger Subalternoffizier ein Schwein nannte, weil er ihm nicht schnell genug aus dem Wege gegangen war.

Doch dieses Leben hatte auch seine Belohnungen. Er erlangte einen tiefen Einblick in die Spitzbübereien und Schliche der Reitknechte, wie er sagte, genügend, um die halbe „Tschamar-Bevölkerung des Punjab“ ihrer

Vergehen zu überführen, wenn er im amtlichen Aufträge gehandelt hätte. Er wurde einer der Hauptspieler im Knochenspiel, mit dem sich alle „Ihampanis“ und viele „Sais“ beschäftigen, wenn sie abends vor dem Regierungsgebäude oder dem Gaiety-Theater warten; er lernte Tabak rauchen, der zu drei Vierteln Kuhdünger war, und hörte die Weisheit des grauhaarigen „Jemadar“ der „Sais“ des Regierungsgebäudes an, dessen Worte hochgeschätzt wurden. Er sah viele Dinge, die ihn belustigten und versicherte auf Ehrenwort, man könne Simla so eigentlich erst dann beurteilen, wenn man es vom Standpunkte eines „Sais“ aus betrachtet hätte. Er sagte auch, wenn er all das, was er sah, aufschreiben wollte, so würde man ihm an verschiedenen Stellen den Schädel einschlagen.

Sehr amüsant ist Stricklands Bericht von der Qual, die er an feuchten Abenden erduldete, wenn er die Musik hörte und die Lichter in „Benmore“ erblickte, während seine Füße sich im Walzertakt bewegten und sein Kopf in einer Pferdedecke steckte. In der nächsten Zeit will Strickland ein kleines Buch über seine Erlebnisse schreiben. Das Buch wird wert sein, daß man es kauft und noch mehr, daß man es konfisziert.

So diente er getreulich, wie Jakob um Rahel diente, und sein Urlaub war fast zu Ende, als die Bombe platzte. Er hatte wirklich sein möglichstes gethan, um an sich zu halten, wenn er die erwähnten Liebesbeteuerungen hörte; doch schließlich brach er doch los. Ein alter und sehr geachteter General ritt mit Miß Youghal aus und begann jenen eigentümlichen offensiven „Flirt für kleine Mädchen“, dem sich eine Dame mit guter Manier nur schwer entziehen kann, und der einen Zuhörer zur Wut treibt. Miß Youghal bebte aus Angst über die Dinge, die er sprach und die ihr „Sais“ hören mußte. Dullov-Strickland hielt es aus, so lange er konnte, dann packte er die Zügel des Generals und forderte ihn in fließendem Englisch auf, abzusteigen und sich über den Damm werfen zu lassen. In der nächsten Minute begann Miß Youghal zu schreien, und Strickland sah, daß er sich hoffnungslos zu Grunde gerichtet hatte und alles vorüber war.

Der General hatte schon eine Ahnung, als Miß Youghal unter Schluchzen die Geschichte von der Verkleidung und der Verlobung, die von den Eltern nicht anerkannt worden war, erzählte. Strickland war furchtbar ärgerlich auf sich selbst und noch ärgerlicher auf den General, der die Schuld an dem Vorfall trug; deshalb sagte er nichts, sondern hielt nur das Pferd beim Zügel und schickte sich an, den General zu seiner Genugthuung durchzuprügeln. Doch als der General die Geschichte vollständig erfahren hatte und wußte, wer Strickland war, begann er zu schnauben und zu fauchen, und wäre fast vor Lachen heruntergestürzt. Er meinte, Strickland verdiene ein Viktoriakreuz, und man müßte es ihm eigentlich auf die Reitknechtsjacke nähen. Dann schimpfte er sich selbst aus und erklärte, er verdiene eine Tracht Prügel, wäre aber zu alt, um sie von Strickland entgegenzunehmen. Darauf machte er Miß Youghal über ihren Liebhaber Komplimente. Das Skandalöse der Angelegenheit fiel ihm gar nicht auf, denn er war ein netter alter Mann, der nur eine Schwäche für den „Flirt" hatte. Dann lachte er wieder und meinte, der alte Youghal wäre ein Narr. Strickland ließ den Kopf des Pferdes los und sagte, der General thäte besser, ihnen zu helfen, wenn das wirklich seine Meinung wäre. Strickland kannte Youghals Schwäche für Leute mit Titeln und hoher amtlicher Stellung.

„Es ist doch ein toller Spaß," sagte der General, „doch bei Gott, ich will Ihnen helfen, sei es auch nur, um den schrecklichen Prügeln zu entgehen, die ich verdiene. Gehen Sie nach Hause, mein lieber „Sais-Polizist", verwandeln Sie sich in einen anständigen Menschen; dann werde ich Herrn Youghal angreifen. Sie, Miß Youghal, darf ich wohl bitten, nach Hause zu reiten und das andere abzuwarten?" – – – – – –

Ungefähr 7 Minuten später fand im Club ein Höllenlärm statt. Ein „Sais", in eine Pferdedecke gehüllt und eine Mütze auf dem Kopfe, sagte zu allen Leuten, die er kannte: „Besorgt mir um Himmelswillen andere Kleider!" Da die Leute ihn nicht erkannten, spielten sich erst einige merkwürdige Scenen ab, bevor Strickland ein warmes Bad mit Soda, hier ein Hemd, da einen Kragen, anderswo wieder ein Paar Hosen u. s. w., u. s. w. bekommen konnte. Mit der Garderobe des halben Clubs auf dem Rücken und eines Fremden Pony zwischen den Beinen galoppierte er nach dem Hause des alten Youghal. In Purpur und feines Leinen gekleidet, stand der General vor ihm. Was der General gesagt hatte, erfuhr Strickland nie, doch der alte Youghal empfing ihn ziemlich höflich, während Mistreß Youghal, von der Ergebenheit des vermeintlichen Dullov gerührt, fast freundlich zu ihm war. Der General schmunzelte und strahlte; Miß Youghal trat herein, und bevor der alte Youghal noch wußte, wie es eigentlich zuging, hatte man ihm seine väterliche Einwilligung entrissen, und Strickland war mit Miß Youghal nach dem Telegraphenbureau geeilt, um nach seinem Anzug zu depeschieren. Der Schlußwitz war, daß ein ihm vollständig Fremder ihn bei der Post anhielt und wegen des gestohlenen Ponys Aufklärung von ihm verlangte.

So wurden Strickland und Miß Youghal schließlich verheiratet, unter der bestimmten Bedingung, daß Strickland seine alte Beschäftigung aufgeben und der Departementsbehörde beitreten solle, was gut bezahlt wird und nach Simla führt. Strickland hatte seine Frau damals zu lieb, um sein Wort zu brechen, doch es war eine schwere Aufgabe für ihn; denn die Straßen und Bazare und der in ihnen herrschende Lärm waren für Strickland voll tiefer Bedeutung; sie riefen ihm zu, zurückzukommen und seine Wanderungen und Forschungen wieder aufzunehmen. Eines Tages will ich erzählen, wie er sein Versprechen gebrochen hat, um einem Freunde zu helfen. Das ist lange her, und er ist seitdem fast nicht mehr im stande, einen sogenannten „Tschikar“ zu unternehmen. Er vergißt die Gauner- und Bettlersprache, die Merkmale und Zeichen, sowie die Unterströmungen, die ein Mann, wenn er sie beherrschen will, stets weiterstudieren muß.

Aber seinen dienstlichen Verpflichtungen kommt er ganz vorzüglich nach.

Der „Andere."

Weit zurück, in den siebziger Jahren, bevor man noch in Simla Wirtshäuser gebaut hatte, wurde Miß Gaurey von ihren Eltern mit Oberst Schreiberling verheiratet. Er war höchstens 35 Jahre älter als sie, und da er ein Gehalt von 200 Rupien jeden Monat bezog und noch eigenes Vermögen hatte, so wurde er mit Freuden angenommen. Er gehörte zu den angesehenen Leuten und litt bei kaltem Wetter an Lungenkatarrh. Bei heißem Wetter neigte er eher zu einem Schlagfluß, aber ein solcher hatte ihn nie getroffen.

Man verstehe mich recht, ich will Schreiberling nicht etwa tadeln. Er war, je nach seiner Stimmung, ein guter Ehemann, und seine Laune verschlimmerte sich nur, wenn er der Pflege bedurfte, was in jedem Monat ungefähr 17 Tage der Fall war. In Geldangelegenheiten war er zu seiner Frau fast freigebig, und das wollte bei ihm schon etwas heißen. Trotzdem war Mistreß Schreiberling nicht glücklich. Man verheiratete sie, als sie kaum 20 zählte, und ihr armes kleines Herz schon an einen andern vergeben hatte. Seinen Namen habe ich vergessen, doch wir wollen ihn „den andern" nennen. Er hatte kein Geld, und auch keine Aussichten. Er sah sogar nicht einmal gut aus, und ich glaube, er war beim Kommissariat oder beim Transport angestellt. Doch trotz alledem liebte sie ihn sehr, und es hatte eine Art von Verlobung zwischen den beiden bestanden, als Schreiberling erschien und zu Mistreß Gaurey sagte, daß er ihre Tochter zu heiraten wünschte. Nun wurde die andere Verlobung aufgehoben, sozusagen von Mistreß Gaureys Thränen fortgewaschen, denn diese Dame beherrschte ihr Haus, indem sie über den Ungehorsam gegen ihre Autorität und über den Mangel an Respekt, der ihrem Alter zu teil wurde, weinte. Die Tochter artete nicht nach der Mutter, sie weinte nie, nicht einmal bei der Hochzeit. Der „andere" trug seinen Verlust ruhig und wurde nach einer so schlechten Station versetzt, wie sie sich nur auffinden ließ. Vielleicht tröstete ihn das Klima. Er litt am Wechselfieber, und das mochte ihn von andern Sorgen ablenken. Er war auch herzkrank. In beiderlei Hinsicht. Eine der Herzklappen war angegriffen, und das Fieber machte die Sache noch schlimmer. Doch das stellte sich erst später heraus.

Dann vergingen viele Monate, und Mistreß Schreiberling wurde krank. Sie siechte zwar nicht dahin, wie die Leute in den Romanbüchern, aber sie schien jede Krankheit in sich aufzunehmen, die in der Station auftauchte, vom einfachen Fieber aufwärts. Sie war in ihrer besten Zeit nicht außergewöhnlich hübsch gewesen, und die Krankheit machte sie häßlich. Schreiberling meinte das auch, und sprach sich sehr selbstbewußt darüber aus.

Als sie aufgehört hatte, hübsch zu sein, überließ er sie ihren eigenen Gedanken und kehrte zu den Freuden seines Junggesellenlebens zurück. Sie pflegte auf einem öden Wege bis zur Poststation Simla auf- und abzureiten, mit einem grauen Hut auf dem Hinterkopf und einem furchtbar schlechten Sattel unter sich. Schreiberlings Freigebigkeit hörte bei dem Pferde auf. Er meinte, für eine so nervöse Frau, wie es Mistreß Schreiberling war, würde kein Sattel passen. Sie wurde nie zum Tanzen aufgefordert, weil sie nicht gut tanzte, und war so griesgrämig und uninteressant, daß in ihrem Briefkasten selten Karten von Besuchern lagen. Schreiberling sagte, hätte er gewußt, daß sie nach der Ehe eine solche Vogelscheuche werden würde, so hätte er sie nicht geheiratet. Er sprach noch immer sehr selbstbewußt, dieser Schreiberling.

An einem Augusttage ließ er sie in Simla zurück, und ging wieder zu seinem Regiment. Nun erholte sie sich ein bischen, doch ihre Blicke hellten sich nie wieder auf. Ich erfuhr im Club, daß „der andere“ krank, sehr krank, um sich zu erholen, zu uns käme. Das Fieber und das Herzleiden hatten ihn fast getötet. Sie erfuhr es auch, und sie erfuhr auch – was mich gar nicht interessierte – *wann* er kam. Ich vermute, er schrieb es jemand, der es ihr berichtete. Seit einem Monat vor der Hochzeit hatten sie sich nicht gesehen.

Jetzt kommt der traurige Teil der Geschichte. Eines Abends hielt mich ein später Besuch bis zum Einbruch der Dunkelheit im Dovedell-Hotel zurück. Mistreß Schreiberling war den ganzen Nachmittag im Regen vor dem Posthause auf- und abgegangen. Gerade, als ich die Landstraße entlang kam, fuhr eine Tonga Kleiner Wagen.an mir vorüber, und mein Pony, das vom langen Stehen ungeduldig geworden war, setzte sich in Galopp. Gerade auf der Landstraße bei der Wagenstation wartete Mistreß Schreiberling, vom Kopf bis zu den Füßen durchnäßt, auf die Tonga. Da der Wagen mich nichts anging, so wandte ich mich hügelaufwärts, und jetzt begann sie plötzlich zu erschrecken. Ich drehte sofort um und sah beim Scheine der Postamtslampen Mistreß Schreiberling, die auf der feuchten Straße am Hintersitz der eben angelangten Tonga kniete und schrecklich schrie. Dann fiel sie mit dem Gesicht in den Schmutz, als ich gerade an Ort und Stelle kam.

Im Hintersitz saß, sehr fest und behaglich, mit einer Hand auf der Wagenlehne, während die Feuchtigkeit von seinem Schnurrbart und Hut heruntertropfte, „der andere“ – und zwar tot. Die 60 Meilen hügelaufwärts mochten wohl für sein Herzleiden zuviel gewesen sein. Der Tongakutscher meinte: „Der Sahib ist zwei Stationen hinter Solon gestorben. Deshalb habe ich ihn mit einem Strick festgebunden, damit er nicht aus dem Wagen fallen sollte, und so bin ich nach Simla gekommen. Will der Sahib mir Bakschisch geben? Er – damit deutete er auf den „andern“ – hätte mir eine Rupie gegeben.“

Der andere saß mit grinsendem Gesicht da, als wenn er sich über den Spaß seiner Ankunft freute, während Mistreß Schreiderling im Schmutz zu wimmern begann. Es waren nur wir vier im Postbureau, und es regnete stark. Das erste war, Mistreß Schreiderling nach Hause zu bringen, und das zweite, dafür zu sorgen, daß ihr Name nicht in diese Angelegenheit hineingezerrt wurde. Der Tongakutscher erhielt fünf Rupien, um für Mistreß Schreiderling vom „Bazar“ einen Wagen herzuschaffen. Er sollte dann dem Tonga-Babu Indische Behörde.von „dem andern“ erzählen, und der „Babu“ sollte nach seinem Gutdünken seine Maßregeln treffen.

Mistreß Schreiderling wurde aus dem Regen unter Dach und Fach gebracht, und dreiviertel Stunden lang warteten wir beide auf den Wagen. Der „andere“ wurde genau in derselben Verfassung gelassen, wie er gekommen war. Mistreß Schreiderling weinte nicht mehr, was ihr vielleicht Erleichterung verschafft hätte. Sie versuchte zu jammern, sobald sie wieder zu sich gekommen war, und begann dann, für das Seelenheil des „andern“ zu beten. Wäre sie nicht so ehrenhaft wie der Tag gewesen, so hätte sie auch für ihr eigenes Seelenheil gebetet. Ich wartete darauf, doch sie that es nicht. Nun versuchte ich, ihr Kleid einigermaßen von dem Schmutz zu befreien. Schließlich kam der Wagen, und ich brachte sie fort, fast mit Gewalt. Es war eine schreckliche Arbeit, von Anfang bis zu Ende; doch das Schlimmste war, als sich der Wagen zwischen der Mauer und der Tonga durchdrängen mußte, und sie beim Lampenlicht diese dünne, gelbe Hand erblickte, die sich um die Wagenlehne krampfte.

Sie kam gerade nach Hause, als alles sich zum Ball in die Behausung des Vicekönigs begab – er wohnte damals in Peterhoff. Der Arzt stellte fest, daß sie vom Pferd gefallen war, daß ich sie in der Nähe von Jakko aufgefunden hatte und wirklich großen Dank verdiente für die schnelle Manier, mit der ich ihr ärztliche Hilfe geleistet hatte. Sie starb nicht – Leute von Schreiderlings Kaliber heiraten keine Frauen, die leicht sterben. Sie bleiben leben und werden häßlich.

Sie erzählte nie etwas von dieser einzigen Zusammenkunft, die sie mit „dem andern“ seit ihrer Verheiratung gehabt, und als das Fieber und der Husten, die jenem gefährlichen Abend gefolgt waren, sich gelegt hatten und sie ausgehen durfte, machte sie nie durch Zeichen oder Worte eine Anspielung, daß sie mich beim Tongapostamte getroffen hatte. Vielleicht wußte sie es auch gar nicht.

Sie ritt noch immer bis zur Post hin und zurück, auf demselben furchtbar schlechten Sattel, wobei sie Ausschau hielt, als wenn sie in jeder Minute erwartete, jemanden um die Ecke kommen zu sehen. Zwei Jahre später fuhr sie in die Heimat und starb; ich glaube, in Bournemouth.

Wenn Schreiderling im Offizierskasino sich betrunken hatte, dann pflegte er von „meiner armen, lieben Frau“ zu sprechen. Er legte noch immer großes Gewicht darauf, seine Meinung zu äußern, dieser Schreiderling.

Falsche Morgenröte.

Die eigentliche Erklärung für diese Geschichte wird wohl niemand je erfahren, obwohl sie sich die Frauen manchmal leise nach einem Balle erzählen, wenn sie sich für die Nacht frisieren und die Liste ihrer Opfer durchgehen. Ein Mann, das versteht sich von selbst, darf solchen Beschäftigungen nicht beiwohnen, und darum muß die Geschichte aufs Geratewohl, im Dunkeln sozusagen, verkehrt, erzählt werden.

Lobe nie eine Schwester der anderen Schwester gegenüber, in der Hoffnung, deine Komplimente werden an ihre Adresse gelangen und dir für später den Weg öffnen! Die Schwestern sind in erster Reihe Frauen, dann erst Schwestern, und du wirst finden, daß du dir selbst geschadet hast.

Saumarez wußte das, als er sich entschloß, der ältesten der Misses Copleigh seinen Antrag zu machen. Saumarez war ein eigentümlicher Mensch, der in den Augen der anderen Männer wenig Verdienste besaß, doch er wurde von den Frauen geschätzt und besaß genug Eitelkeit, um dem Kriegsrat eines Vicekönigs präsidieren zu können.

Er war ein „Civilmensch“. Viele Frauen beschäftigten sich mit Saumarez, vielleicht, weil seine Manieren gegen sie nicht sehr ehrfurchtsvoll waren. Wenn man, sobald man sich einen Pony gekauft hat, ihn gleich zu Anfang die Gerte kosten läßt, so wird uns das Tier zwar nicht lieben, es wird sich aber stets im höchsten Grade für unsere Bewegungen interessieren.

Die ältere der Misses Copleigh war rundlich, liebenswürdig, anmutig und hübsch. Die jüngere war nicht ebenso hübsch und zog die Männer nicht an, ja, sie versuchte nicht einmal, ihnen zu gefallen. Die beiden jungen Mädchen hatten ungefähr dieselbe Gestalt und ähnelten sich sehr, sogar in der Stimme, doch niemand konnte einen Augenblick im Zweifel darüber sein, welche von beiden die angenehmere war.

Saumarez beschloß, sobald sie von Bekar angelangt waren, die ältere zu heiraten. Wenigstens war das unser aller Ansicht. Sie war genau 22 Jahre, er zählte 33, und seine gesamten Einkünfte betrugen 1400 Rupien monatlich; das war also unserer Ansicht nach eine gute Ehe.

Nachdem er seinen Plan gefaßt, unterbreitete er ihn einer Untersuchungskommission, die aus ihm allein bestand; er beschloß, sich nicht zu überstürzen. In unserm abscheulichen Jargon sagten wir, die Misses Copleigh „jagten paarweise“; das heißt mit andern Worten, man konnte mit der einen nichts anfangen, wenn sie von der andern getrennt war. Es waren zwei Schwestern, die sich sehr lieb hatten, doch ihre Zuneigung war manchmal unbequem.

Saumarez gefielen alle beide so ziemlich gleich, und niemand außer ihm hätte sagen können, nach welcher Seite sich sein Herz neigte, obwohl es alle Welt erriet. Er stieg viel mit ihnen zu Pferde, doch es gelang ihm nie, die eine lange Zeit von der andern zu entfernen.

Die Frauen behaupteten, daß die beiden jungen Mädchen infolge eines tiefen Mißtrauens unzertrennlich blieben, da jede fürchtete, die andere möge sich ihre Abwesenheit zu nutze machen. Doch die Männer kommen nicht auf solche Ideen. Saumarez bewahrte ein kluges Schweigen und verdoppelte seine Aufmerksamkeiten, soviel er konnte, ohne seiner Arbeit und seinem Polo zu schaden. Zweifellos gefiel er dem jungen Mädchen.

Da die warme Jahreszeit nahte und Saumarez sich nicht erklärte, so behaupteten die Frauen, man könne die Aufregung der beiden Schwestern in ihren Augen lesen; sie erschienen nervös, unruhig und reizbar. Die Männer sind in solchem Falle blind, wenn ihre Natur nicht allzu weiblich ist, und dann hat es wieder keine Bedeutung, was sie sprechen und was sie denken. Ich behaupte, daß die Wangen der Misses Copleigh nur infolge der warmen Apriltage so blaß wurden. Man hätte sie früher in die Berge schicken sollen.

Niemand, ob Mann oder Frau, hat eine engelhafte Laune, wenn die heißen Tage kommen. Die jüngere Schwester wurde reizbarer, unangenehmer und die ältere weniger verführerisch. Ihre Liebenswürdigkeit war erzwungen.

Der Bezirk, in dem diese Geschichte sich abspielte, war zwar nicht klein, aber er lag doch außerhalb der Eisenbahnlinien. Es gab dort weder Gärten noch Zerstreuungen, und man brauchte eine Tagereise, um zum Ball nach

Lahore zu fahren. Deshalb war man schon für das kleinste Amüsement, das einem verschafft wurde, dankbar. Gegen Anfang Mai und gerade vor dem definitiven Auszug nach den Bergen, (es war schon sehr heiß, und es blieben kaum zwanzig Personen in der Station) veranstaltete Saumarez ein Picknick bei Mondschein, bei einem alten Grabe in der Nähe des Flusses, etwa sechs Meilen von der Station entfernt, die wir zu Pferde zurücklegen mußten. Es sollte ein Picknick à la "Arche Noah" sein, und es wurde das gewöhnliche Arrangement getroffen, daß wegen des Staubes zwischen einem jeden Paar eine Viertelmeile lag. Zehn Paare machten sich, die Gardedamen einbegriffen, auf den Weg. Die Picknicks im Mondschein sind zu Ende der Saison sehr nützlich, wenn alle jungen Mädchen in die Berge reisen.

Dieses Picknick wurde die „Explosion" genannt, weil ein jeder überzeugt war, Saumarez würde der ältesten der Misses Copleigh seine Erklärung machen. Die soziale Atmosphäre war zu schwer geladen, die Bombe mußte platzen.

Man traf sich um 10 Uhr im Manöverfelde. Die Nacht war furchtbar heiß, die Pferde schwitzten, auch wenn sie im Schritt gingen; doch das war alles noch besser, als in unsern dunklen Häusern sitzen zu bleiben. Beim Aufbruch bildeten wir unter den Strahlen des Vollmondes vier Paare, ein Terzett, und Herr Saumarez begleitete die beiden Misses Copleigh. Die ganze Gesellschaft war glücklich und zufrieden, doch wir merkten alle, daß irgend etwas vorging. Wir rückten langsam vor, und es war beinahe Mitternacht, als wir an dem alten Grabe anlangten, das inmitten des verlassenen Gartens lag, in dem wir essen und trinken sollten. Ich kam als letzter, und bevor ich in den Garten trat, entdeckte ich am Horizont nach Norden zu einen schwachen, fahlen Schein. Niemand hätte mir Dank gewußt, wenn ich ein so gut vorbereitetes Fest gestört hätte, wie es dieses Picknick war, und ein Staubsturm mehr oder weniger bei dieser Hitze that schließlich keinen großen Schaden. Man vereinigte sich an einem alten, verfallenen Bassin. Einer hatte ein Banjo, ein sehr sentimentales Instrument, mitgebracht, und drei oder vier Personen sangen. Ich bitte nicht zu lachen, unsere Vergnügungen in den abgelegenen Bezirken sind wirklich sehr bescheiden. Dann plauderte man in Gruppen oder vereinzelt, unter den Bäumen ausgestreckt, während die von der Sonne verbrannten Rosen ihre Blätter auf uns herabfallen ließen, bis das Essen bereit war. Es war ein schönes Abendessen, so kalt und eisig man es sich nur wünschen konnte, und wir zogen es nach Möglichkeit in die Länge. Ich fühlte, daß die Luft immer heißer wurde, doch niemand schien es zu bemerken, bis der Mond sich plötzlich verdunkelte und ein wilder Wind die Orangenbäume zu peitschen begann. Bevor man Zeit hatte, sich umzuwenden, war der Staubsturm auf uns herangebraust, und rings umher herrschte nur noch eine wirbelnde, grollende Finsternis. Der Eßtisch wurde vollständig in das Bassin geschleudert. Aus Furcht, es könne umgestürzt werden, wagten wir nicht, in der Nähe des alten Grabes zu bleiben. Infolgedessen tasteten wir uns nach den Orangebäumen zu, an denen man die Pferde angebunden hatte, und warteten, bis der Sandsturm vorübergezogen war. Das kleine Licht, das noch vorhanden gewesen war, verschwand; man konnte nicht mehr die Hand vor Augen sehen. Die Luft war mit Staub und Sand beladen, der aus dem Flußbett herrührte. Der Staub füllte die Taschen und die Stiefel, drang in den Hals und legte sich auf die Augenbrauen und den Schnurrbart. Es war einer der schrecklichsten Staubstürme des Jahres.

Wir hatten uns bei den zitternden Pferden aneinander gedrückt, während der Donner über unsern Häuptern grollte, und Blitze von allen Seiten wie das Wasser aus einer Schleuse sprühten. So lange es den Pferden nicht gelang zu entwischen, war das alles gefahrlos. Ich stand mit gesenktem Haupte, die Hände auf den Lippen, und hörte, wie die Bäume rauschten; nur wenn die Blitze aufzuckten, sah ich, wer neben mir stand. So entdeckte ich, daß ich mich neben Saumarez und der älteren der Misses Copleigh befand, während mein Pferd mir gerade gegenüberstand. Ich erkannte die ältere der Fräulein Copleigh, die eine Schärpe um ihren Hut trug, während die jüngere keine Schärpe hatte. Die ganze Elektrizität der Luft war in meinen Körper gedrungen, und ich fühlte Zucken und Zittern von den Füßen bis zum Kopf; es war ein prächtiges Unwetter. Es machte den Eindruck, als raffe der Wind Erde zusammen, um sie in großen Massen vor sich herzuwirbeln, und dazu strömte die Hitze aus dem Erdboden wie am Tage des jüngsten Gerichts! Nach Verlauf einer halben Stunde trat eine gewisse Ruhe ein, und ich hörte eine dünne, verzweifelte Stimme ganz leise, als wenn eine verlorene Seele auf den Flügeln des Windes dahinflog, zu sich selbst sagen: „O, mein Gott!“ Dann fiel die jüngere der Misses Copleigh in meine Arme mit den Worten:

„Wo ist mein Pferd? Suchen Sie mein Pferd, ich will nach Hause, ich muß nach Hause; bringen Sie mich nach Hause!“

Ich glaubte, die Blitze und die tiefe Dunkelheit hätten sie erschreckt; daher sagte ich ihr, es wäre keine Gefahr mehr vorhanden, und wir müßten warten, bis der Sturm vorübergezogen wäre.

Doch sie erwiderte: „Darum handelt es sich nicht, ich will nach Hause; führen Sie mich fort von hier.“

Ich versicherte ihr, sie könne nicht vor Tagesanbruch fort, doch ich fühlte, daß sie mich beim Vorübergehen streifte und fortrannte. Es war zu dunkel, um zu sehen, wohin. Plötzlich wurde der ganze Himmel von einem ungeheuren Blitze zerrissen, als wenn das Ende der Welt nahte, und alle Damen schrien auf.

Fast in demselben Augenblick fühlte ich die Hand eines Mannes auf meiner Schulter und hörte, wie Saumarez mir etwas ins Ohr flüsterte. Das Rauschen der Bäume und das Sausen des Windes hinderte mich, seine Worte sofort zu erfassen; endlich aber hörte ich: „Ich habe meinen Antrag gemacht und mich in der Schwester geirrt; was soll ich thun?“

Es war gar kein Grund vorhanden, daß mir Saumarez diese Mitteilung machte; ich bin nie sein Freund gewesen und bin es auch heute noch nicht. Er zitterte, so groß war seine Aufregung, während mich die Elektrizität in einen seltsamen Zustand versetzt hatte. Ich wußte nicht, was ich ihm antworten sollte, außer das eine: „Man muß verrückt sein, um in einem Staubsturm eine Liebeserklärung zu machen.“ Ich sah allerdings nicht ein, inwiefern meine Worte dem Uebel abhelfen konnten.

Während ich noch diese Betrachtungen anstellte, rief er: „Wo ist Edith, Edith Copleigh?“ Edith war die jüngere der beiden Schwestern, und ich erwiderte ganz erstaunt: „Was wollen Sie denn von *ihr*?“

Ob man es mir wohl glauben wird? Zwei Minuten lang schrieen er und ich wie zwei Besessene. Er, der immer die Absicht gehabt, die jüngere zu heiraten, während ich ihm bis zum Heiserwerden erklärte, er müsse sich geirrt haben. Das alles machte auf mich den Eindruck eines bösen Traumes, von dem Stampfen der Pferde in der Dunkelheit an bis zu der Behauptung Saumarez', er liebe Edith Copleigh, seit er sie kenne.

Wieder klammerte er sich an meine Schulter und bat mich, ihm zu sagen, wo Edith Copleigh wäre, als ein neuer Zustand der Ruhe eintrat und man das Licht der falschen Morgenröte, die der wirklichen Morgenröte um eine Stunde vorherging, erblickte. Doch das Licht war sehr schwach, und ich fragte mich, wohin Edith Copleigh wohl gegangen sein mochte. Als ich noch darüber nachdachte, sah ich drei Dinge auf einmal: Erstens das lächelnde Gesicht von Maud Copleigh, die aus der Dunkelheit auftauchte und sich dem neben mir stehenden Saumarez zuwandte. Ich hörte, wie das junge Mädchen „Georges“ murmelte und ihren Arm unter seinen Arm gleiten ließ, und ich sah auf ihrem Antlitz jenen Ausdruck, der im Leben einer Frau nur ein- oder zweimal vorkommt, wenn sie vollkommen glücklich ist, wenn Harmonien in der Luft schweben und wenn die Erde sich in eine Wolke wandelt, weil sie liebt und geliebt wird!

Gleichzeitig sah ich das Gesicht Saumarez', als er die Stimme Maud Copleighs hörte, und fünfzig Meter von dem Orangenboskett bemerkte ich eine graue Amazone, die auf einem Pferde fortsprengte.

Gewiß war es der Zustand seltsamer Ueberreizung, in dem ich mich befand, der mich veranlaßte, mich so schnell in Dinge zu mischen, die mich eigentlich gar nichts angingen. Saumarez wandte sich der Amazone zu; ich stieß ihn zurück und sagte: „Bleiben Sie hier und suchen Sie sich zu erklären; ich werde „sie“ holen.“ Mit diesen Worten lief ich zu meinem Pferde.

Ich hatte die vollständig überflüssige Idee, es müsse alles angemessen und in der gewünschten Ordnung vor sich gehen, und Saumarez' erste Sorge müsse sein, den glücklichen Ausdruck auf Maud Copleighs Gesicht verschwinden zu lassen. Die ganze Zeit über, die ich dazu brauchte, die Zuges des Pferdes in Ordnung zu bringen, fragte ich mich, wie er sich dabei wohl anstellen würde.

Ich folgte Edith Copleigh im Galopp und hoffte, sie unter irgend einem Vorwande wieder zurückzubringen. Doch sie entfloh vor mir, sobald sie mich sah, und ich war genötigt, sie ernsthaft zu verfolgen. Zwei- oder dreimal rief sie mir über ihre Schulter zu: „Machen Sie, daß Sie fortkommen; ich reite nach Hause; machen Sie, daß Sie fortkommen!" Doch ich wollte sie zunächst einholen und dann mit ihr verhandeln. Der Ritt paßte vollkommen zu dem Rest des bösen Traumes; der Boden war abscheulich, und von Zeit zu Zeit stürzten wir durch die wirbelnden und erstickenden „Sanddämonen" auf den Spuren des Sturmes, der sich langsam verflüchtigte.

Es wehte ein glühender Wind, der uns den Dunst eines alten Ziegelofens zutrug, und in diesem unklaren Lichte, inmitten der Sanddämonen, flog die graue Amazone auf dem ebenfalls grauen Pferde durch die trostlosen Ebenen dahin.

Sie schlug nun die Richtung nach der Station ein und wandte sich dann durch verbrannte Grasfelder dem Flusse zu.

Wäre ich ruhig und kaltblütig gewesen, so hätte ich nie daran gedacht, ein solches Terrain bei Nacht zu durchreiten, doch bei den über meinem Haupte zuckenden Blitzen und den höllischen Ausdünstungen, die sich in meinen Nasenlöchern festsetzten, erschien mir die Sache ganz natürlich. Ich galoppierte und schrie dazu; sie beugte sich über den Hals ihres Pferdes und peitschte es, und das Unwetter trieb uns beide fort und jagte uns wie Papierblätter vor sich her.

Ich weiß nicht, wie weit wir ritten; doch das Stampfen der Pferdehufe, das Heulen des Windes und der Lauf des blutroten Mondes in dem gelben Nebel schien mir Jahre hindurch zu dauern, und ich war buchstäblich von dem Tropenhelm bis zu den Gamaschen in Schweiß gebadet, als das graue Pferd stehen blieb und sich wütend bäumte. Mein Pferd konnte nicht weiter. Edith Copleigh war in einem traurigen Zustande; sie war mit Staub bedeckt; ihr Hut war in den Sand gefallen, und sie weinte bitterlich.

„Warum wollen Sie mich nicht in Ruhe lassen?“ fragte sie. „Ich wollte nur fort und nach Hause zurückkehren! O, ich bitte, lassen Sie mich gehen!“

„Sie müssen mit mir zurückkommen, Miß Copleigh; Saumarez hat Ihnen etwas zu sagen.“

Das war eine seltsame Art mich auszudrücken. Doch ich kannte Miß Copleigh kaum, und obwohl ich im Begriff stand, um den Preis meines Pferdes die Rolle der Vorsehung zu spielen, so konnte ich ihr doch nicht so ohne weiteres wiederholen, was Saumarez mir gesagt hatte. Ich hatte die Empfindung, er würde sich am besten selbst aus der Affaire ziehen. Alle ihre Vorwände von Ermüdung und der Wunsch, heimzukehren, verschwanden. Sie neigte sich schmerzlich auf ihren Sattel und schluchzte, während der Wind ihr schwarzes Haar peitschte. Ich will nicht wiederholen, was sie sagte, denn sie war nicht mehr Herrin ihrer selbst.

Das war, man mag es mir glauben oder nicht, die strenge, bissige Miß Copleigh!

Und ich, der ich für sie ein Fremder war, stand dabei und bemühte mich, ihr zu sagen, daß Saumarez sie liebte und daß sie mit mir zurückkehren müsse, um es von ihm selbst zu hören. Ich glaube, ich machte mich verständlich, denn sie faßte sich, ermunterte ihr Pferd, und wir brachen nach dem alten Grabe auf, während der Sturm nach Umballa zu weiter grollte und einige warme Regentropfen zu fallen begannen. Ich entdeckte, daß sie sich ganz in Saumarez' Nähe befunden hatte, als er sich ihrer Schwester erklärt, und nur noch einen Wunsch hegte: nach Hause zurückzukehren, um sich als wohlerzogene junge Engländerin in Ruhe ausweinen zu können.

Den ganzen Weg über wischte sie sich die Augen und schwatzte von dem Bedürfnis, ihr Herz auszuschütten, und von ihren Nerven fortgerissen, fortwährend. Es war vollständig anormal, und dennoch erschien mir das alles in Anbetracht des Ortes und der Zeit ganz natürlich. Aus der ganzen Welt gab es nur noch die beiden Copleighs, Saumarez und ich, die in Blitze und Finsternis vollständig eingehüllt waren, und ich glaubte, es wäre meine Mission geworden, diese verirrte Welt wieder auf den rechten Weg zurückzuführen.

Als wir an dem Grabe anlangten, zeigte sich in der tiefen Ruhe, die dem Sturme folgte, die Morgenröte kaum, und noch war niemand fortgeritten. Man erwartete unsere Rückkehr, Saumarez noch eifriger als jeder andere. Sein Gesicht war blaß und abgespannt. Als wir, Miß Copleigh und ich, anlangten, half er ihr vom Pferde und umarmte sie vor allen Gästen. Das war ein Theatercoup, und die Illusion wurde durch das Beifallsklatschen aller Männer und Frauen noch vervollständigt, die von dem Staube weißgepudert unter den Orangebäumen den Eindruck von Phantomen machten.

Endlich sagte uns Saumarez, wir müßten zurückkehren, sonst würde uns der ganze Bezirk suchen. Dann fragte er mich, ob ich wohl so gut sein wollte, Maud Copleigh zu begleiten. Ich erwiderte, nichts könne mir angenehmer sein.

Der Trupp bildete sich also wieder von neuem, im ganzen zehn Paare, und zu zwei und zwei kehrten wir zurück; Saumarez ging zu Fuß neben seinem Pferde, auf dem Edith Copleigh ritt.

Die Atmosphäre hatte sich geklärt, und ich fühlte, als die Sonne aufging, wie wir nach und nach alle wieder gewöhnliche Männer und Frauen wurden; ich begriff auch, daß das Picknick der „großen Explosion“ eine Sache für sich war, die außerhalb des gewöhnlichen Lebens lag und sich nie wiederholen würde. Es war im Sturm und der Elektrizität der erhitzten Luft verschwunden.

Als ich ein Bad nahm und mich zum Schlummer vorbereitete, empfand ich eine große Ermüdung, Schwäche und auch Scham.

Es giebt eine weibliche Version dieser Geschichte, doch sie wird nie geschrieben werden, ... wenn Maud Copleigh nicht diesen Versuch unternehmen will.

Leutnant Golightlys Verhaftung.

Wenn es etwas gab, worauf Golightly stolzer war als jeder andere, so war es der Umstand, daß er wie ein Offizier und ein „Gentleman“ aussah. Er sagte, es geschehe nur zu Ehren des Dienstes, wenn er sich so sorgfältig putze; wer ihn aber genau kannte, sagte, daß es persönliche Eitelkeit war. Es war an Golightly nichts auszusetzen, nicht das geringste. Er konnte ein Pferd, sobald er es einmal gesehen, beurteilen und verstand mehr, als ein Maß zu füllen. Er spielte ausgezeichnet Billard und war ein gesuchter Whistspieler. Jeder hatte ihn gern, und niemand hätte sich träumen lassen, daß er ihn einmal auf dem Perron der Station mit gebundenen Händen sehen würde.

Als sein Urlaub zu Ende war, kam er von Dalhousie zurück – zu Pferde nämlich. Er hatte seinen Urlaub, so weit es ging, ausgenutzt und hatte nun Eile, nach Hause zu kommen.

Es war gehörig heiß in Dalhousie, und da er wußte, was ihn da unten erwartete, so kam er in einem neuen Khaki-Anzuge von zartem Olivengrün, der sehr schneidig saß, einer pfauenblauen Kravatte, einem weißen Kragen und einem schneeweißen Solah-Helm. Er rühmte sich selbst daß er stets elegant aussah, selbst wenn er zu Pferde reiste. Er sah thatsächlich sehr nett aus und war von seiner äußeren Erscheinung, bevor er abreiste, so sehr in Anspruch genommen, daß er bis aus etwas Kleingeld alles mitzunehmen vergaß. Alle seine Papiere ließ er im Hotel. Seine Diener waren vorausgereist, um ihn in Pathankote mit Anzügen zum Wechseln zu erwarten. Das nannte er „nach leichter Marschroute“ reisen, und er war stolz auf sein Organisationstalent.

22 Meilen von Dalhousie begann es zu regnen; kein gewöhnlicher Regenschauer, sondern ein guter, lauer, andauernder Regenguß. Golightly suchte vorwärts zu kommen, und wünschte sich dabei, er hätte einen Regenschirm mitgenommen. Der Staub auf der Landstraße verwandelte sich in Schmutz, das Pony bekam sein gutes Teil davon ab, und Golightlys „Khaki“-Gamaschen ebenfalls. Doch er hielt tapfer aus und dachte sich dabei, wie angenehm doch die kühle Luft wäre.

Das nächste Pferd, das er auf der Poststation erhielt, war ziemlich bockig, und da Golightlys Hände durch den Regen schlüpfrig geworden waren, so versuchte es, ihn an einer Ecke abzuwerfen. Er trieb das Pferd an, hielt es fester und sprengte munter dahin. Die Spritzflecken hatten weder seine Kleider, noch seine Laune verbessert, und nach Ablauf einer elenden halben Stunde sah Golightly die Welt vor seinen Augen in einem klebrigen Brei verschwinden. Der Regen hatte seinen großen, schneeweißen Solah-Helm in einen übelriechenden Teig verwandelt und auf seinem Kopf gleichsam einen halbgeöffneten Pilz gebildet; auch das grüne Futter begann herunterzutropfen.

Golightly sagte nichts, was hier der Erwähnung wert wäre. Er nahm den Helm ab und drückte von dem Rand soviel aus, als nur möglich war. Die Rückseite des Helmes klatschte auf seinen Hals, und von den Seiten tropfte es in seine Ohren, doch das Lederband und das grüne Futter hielten die Dinge noch knapp zusammen, so daß der Hut nicht ganz in Stücke ging.

Indessen erzeugte der Brei und der grüne Stoff eine Art schlammigen Thau, der Golightly über verschiedene Teile seines Körpers lief, zum Beispiel über seinen Rücken und seine Brust. Die Khaki-Farben fingen auch an, herunterzulaufen – der Stoff war wirklich gräßlich schlecht gefärbt –, so daß einzelne Teile von Golightly braun, andere violett, andere ockerfarben, hochrot und fast weiß waren, je nach der Natur und Eigentümlichkeit der Färbung. Als er sein Taschentuch herausnahm, um sein Gesicht, die grüne Farbe des Hutfutters und den purpurnen Stoff, der auf seinen Hals hindurchgesickert war, abzutrocknen, war der Anblick wahrhaft verblüffend.

In der Nähe von Dhar hörte der Regen auf, die Abendsonne kam zum Vorschein und trocknete ihn ein wenig. Auch die Farben befestigten sich wieder. Drei Meilen von Pathankote wurde das letzte Pony lahm, und Golightly war genötigt, zu Fuß zu gehen. Er ging in die Stadt hinein und hoffte, hier seine Diener zu finden. Bis jetzt wußte er ja noch nicht, daß sein Kaitmatgar sich auf der Landstraße aufgehalten hatte, um sich zu betrinken, und erst am nächsten Tage mit der faulen Ausrede kommen würde, er hätte sich den Knöchel verstaucht. Als er Pathankote betreten hatte, konnte er seine Diener nicht finden, seine Stiefel waren von Schmutz steif und klebrig, und auch an seinem Körper klebten große Quantitäten von Schmutz. Der blaue Shlips war ebenso abgetropft, wie der Khaki-Stoff; deshalb nahm er ihn mit dem Kragen ab und warf ihn fort. Dann sagte er einiges über Diener im allgemeinen und ließ sich etwas zu trinken geben. Er bezahlte 8 Annas, und dabei stellte sich heraus, daß er nur noch 6 Annas in der Tasche hatte. Er ging zu dem Stationsvorsteher, um sich ein Billet erster Klasse nach Khasa geben zu lassen, wo er garnisoniert war. Der Buchhalter sagte etwas zu dem Stationsvorsteher, und der Stationsvorsteher sagte etwas zu dem Telegraphisten, und alle drei sahen ihn neugierig an. Sie baten ihn, eine halbe Stunde zu warten, während sie nach Umritsar um Erlaubnis telegraphieren wollten. Er wartete also, und unterdessen kamen vier Konstabler herein, die sich malerisch um ihn gruppierten. Gerade als er sich anschickte, sie zu bitten, sie möchten sich entfernen, sagte der Stationsvorsteher, er würde dem „Sahib" ein Billet nach Umritsar geben, wenn der „Sahib" so freundlich sein wolle, in das Stationszimmer einzutreten. Golightly ging hinein und das nächste war, daß ein Konstabler je einen seiner Arme und Beine packte, während der Stationsvorsteher versuchte, ihm einen Postsack über den Kopf zu ziehen.

Es fand nun eine sehr nette Prügelei in der Amtsstube statt, und Golightly erhielt einen tüchtigen Hieb über das Auge, wobei er noch gegen einen Tisch fiel. Die Konstabler waren aber in der Uebermacht, und sie und der Stationsvorsteher legten ihm solide Handfesseln an. Sobald der Postsack fortgenommen war, begann er, seine Meinung auszudrücken, und der Oberkonstabler sagte:

„Sicherlich ist das der englische Soldat, den wir suchen. Hört nur, wie er schimpft."

Nun fragte Golightly den Stationsvorsteher, was dieses Benehmen zu bedeuten hätte, und dieser erklärte ihm, er wäre der Soldat John Binkle vom X-Regiment, 5 Fuß 9 Zoll, blonde Haare, graue Augen, liederliches Aussehen und kein besonderes Kennzeichen, der vor 14 Tagen desertiert wäre. Golightly begann nun, eine ausführliche Erklärung abzugeben, aber je mehr er erklärte, desto weniger glaubte ihm der Stationsvorsteher. Er sagte, kein Leutnant könne so wüst aussehen, wie Golightly, und es wäre seine Instruktion, den Gefangenen unter gehöriger Eskorte nach Umritsar zu schicken. Golightly fühlte sich stark durchnäßt und unbehaglich, und die Sprache, die er gebrauchte, war zur Veröffentlichung nicht geeignet, nicht einmal in gereinigter Form. Die vier Konstabler brachten ihn in einem reservierten Coupee nach Umritsar, und er verwandte die vierstündige Fahrt damit, so fließend auf sie zu schimpfen, als es die Kenntnis seiner Muttersprache nur gestattete.

In Umritsar wurde er gebunden auf den Perron geführt und einem Korporal und zwei Mann des ?Regiments überliefert. Golightly richtete sich auf und versuchte, die Sache gütlich zu erledigen. Er fühlte sich allerdings mit den Handschellen und vier Konstablern hinter sich, während das Blut aus seiner Stirnwunde auf seine linke Wange klopfte, durchaus nicht behaglich. Der Korporal war auch nicht zum Spaßen aufgelegt. Golightly begann: „Das ist ein albernes Mißverständnis, Leute," als der Korporal sagte, er solle das Maul halten und weiterkommen. Golightly wollte aber nicht weiterkommen, er wünschte stehen zu bleiben und eine Erklärung abzugeben. Die Erklärung war auch in der That sehr gut, bis der Korporal sie mit den Worten abschnitt:

„Sie wollen Offizier sein? Solche Leute wie Sie bringen Schande über uns! Sie sind mir ein netter Offizier; ich kenne Ihr Regiment; eine Schmach sind Sie für den Dienst!"

Golightly hielt an sich und begann, alles von Anfang an zu erklären. Nun wurde er vom Perron in den Wartesaal gebracht und ihm der Rat erteilt, sich nicht als vollendeter Narr zu gebärden. Die Leute wollten ihn nach Fort Govindghar überführen.

Golightly war fast hysterisch vor Wut, über die Kälte, das Versehen, die Handschellen und den Kopfschmerz, den er infolge der Stirnwunde empfand. Er hatte immer noch die Absicht, die Angelegenheit gütlich zu erklären. Als er zu Ende war und fühlte, daß seine Kehle ganz trocken war, sagte einer der Leute:

„Ich habe wohl schon 'mal einen Bettler wegen einer Kleinigkeit toben und rasen sehen, aber nie habe ich einen gehört, der an diesen „Offizier" herangereicht hätte."

Sie waren übrigens gar nicht ärgerlich auf ihn, sondern bewunderten ihn noch. Sie hatten sich etwas Bier im Wartesaal geben lassen und boten auch Golightly davon an, weil er so wunderbar geschwindelt hatte. Sie baten ihn, er möchte ihnen doch von den Abenteuern des John Binkle erzählen, als er noch frei war, und das brachte ihn noch mehr in Wut. Wäre er vernünftig gewesen, so hätte er sich ruhig verhalten, bis ein Offizier kam, doch er versuchte, fortzulaufen.

So ein tüchtiger Stoß in den Rücken thut aber gehörig weh, und schlechter vom Regen aufgethauter Khaki-Stoff zerreißt leicht, wenn zwei Mann einen beim Kragen packen.

Golightly taumelte und fühlte sich sehr krank, als er vom Erdboden aufstand; sein Hemd war vorn auf der Brust und fast auf dem ganzen Rücken zerrissen. Zu seinem Glück fügte er sich in das Unvermeidliche, und gerade in diesem Augenblick lief der Zug von Lahore ein, in dem sich Golightlys Major befand.

Der Major schilderte den Thatbestand folgendermaßen:

Ich hörte den Lärm einer Prügelei im Wartesaal II. Klasse; deshalb ging ich hinein und sah den gräßlichsten Strauchdieb, der mir je vor Augen gekommen war. Seine Stiefel und Hosen waren mit Schmutz und

Bierflecken übersäet. Er trug einen schmutzig-weißen Fetzen auf dem Kopf, der in Stücken auf seine Schultern herabhing, die zum großen Teil zerkratzt waren. Er hatte ein mitten durchgerissenes Hemd an und bat gerade den Korporal, er möchte sich den Namen auf dem Schoß des Hemdes ansehen. Als er das Hemd über den Kopf gezogen hatte, konnte ich zuerst nicht sehen, wer er war, doch an der Art, wie er fluchte, während er mit seinen Lumpen herumhantierte, glaubte ich, einen Verbrecher ärgsten Ranges vor mir zu sehen. Als er sich umdrehte und ich über einem Auge eine Beule so groß wie eine Schweinspastete, sowie einige grüne Streifen auf dem Gesicht und einzelne violette Striemen auf dem Rücken bemerkte, sah ich, daß es „Golightly“ war. Er freute sich sehr, mich zu sehen,“ sagte der Major, „und hoffte, ich würde im Kasino nichts davon erzählen. Ich that es nicht, aber *Sie* können es, wenn Sie wollen, denn Golightly ist jetzt in die Heimat zurückgekehrt.“

Golightly verbrachte den größten Teil des Sommers damit, daß er versuchte, den Korporal und die beiden Soldaten vor ein Kriegsgericht zu bringen, weil sie einen Offizier und „Gentleman“ verhaftet hatten. Der Irrtum that ihnen natürlich sehr leid, doch die Geschichte kam durch die Regimentskantine heraus und machte dann die Runde durch die ganze Provinz.

Ein Glücksfall.

Wenn man Morgenempfänge, von der Regierung veranstaltete Festlichkeiten und Bälle der Handelskreise nicht beachtet, sondern geradeaus seinen Weg wandelt, so wird man – weit hinaus über alles und jedes, was man jemals in seinem respektablen Leben erfahren hat, – sehr bald an die Grenzlinie kommen, wo der letzte Tropfen „weißen Blutes“ endet, und der volle Strahl des „schwarzen“ einsetzt. Es wäre leichter, mit einer neugebackenen Herzogin über Vorfahren zu sprechen, als mit diesen Grenzbewohnern, ohne eine ihrer Eigentümlichkeiten zu beleidigen oder ihre Gefühle zu verletzen. Weiß und schwarz vermischt sich in ihren Sitten in ganz eigentümlicher Weise. Zuweilen zeigt sich das

Weiß in Spuren hitzigen, kindischen Stolzes – was verkrüppelter Rassenstolz ist –, und manchmal tritt das Schwarz in noch heftigerer Erniedrigung und Demütigung, halb heidnischen Gewohnheiten und seltsamen, unberechenbaren Neigungen zum Verbrechen hervor. Eines Tages wird dieses Volk – man bemerke wohl, daß sie tiefer stehen als die Klasse der Derozio, der Byron kopierte, entstammte – einen Schriftsteller oder Dichter hervorbringen, und dann werden wir erfahren, wie sie leben, denken und fühlen. Bis dahin können keinerlei Geschichten über sie – weder in Thatsachen noch in Schlußfolgerungen – absolut richtig sein.

Miß Vezzis kam von der Grenzlinie, um die Erziehung der Kinder einer Dame zu übernehmen, bis dieselben einer regelrechten Bonne anvertraut wurden. Die Dame sagte, Miß Vezzis wäre eine schlechte, schmutzige und unaufmerksame Bonne. Es fiel ihr nicht ein, daß Miß Vezzis ihr eigenes Leben zu leiten und für ihre eigenen Angelegenheiten zu sorgen hatte, und daß diese Angelegenheiten für Miß Vezzis das Wichtigste auf der Welt waren. Sehr wenige „Madames“ lassen solche Gründe gelten. Miß Vezzis war so schwarz wie ein Stiefel und nach unserm Geschmack schrecklich häßlich. Sie trug bedruckte Kattunkleider und zerrissene Schuhe. Und wenn ihr bei den Kindern die Geduld riß, dann schimpfte sie sie in der Grenzsprache aus, die zum Teil englisch, zum Teil portugiesisch und zum Teil der Dialekt der Eingeborenen ist. Sie war nicht anziehend, doch sie hatte ihren Stolz und hielt darauf, *Miß* Vezzis genannt zu werden.

Jeden Sonntag putzte sie sich auf das prächtigste heraus, um ihre Mama zu besuchen, die fast fortwährend auf einem alten Rohrstuhl in einem fettigen Tussur-Seidenkleid in einem großen Kaninchengehege von Haus lebte, in welchem es von Vezzis, Pereiras, Bibieras, Lisboas, Gonsalvez und einer ungeheuren Bevölkerung von Landstreichern wimmelte; außerdem erblickte man hier noch Reste von dem täglichen Markt, Knoblauch, Weihrauch, alte Kleider, die an der Erde lagen, Unterröcke, die an Schirmständern hingen, alte Flaschen, Kruzifixe aus Zinn, vertrocknete Immortellenkränze, Pariahunde, Gipsmodelle der Jungfrau Maria und Hüte ohne Krempen. Miß Vezzis bezog für ihre Thätigkeit als Bonne 20

Rupien monatlich, und zankte sich jede Woche mit ihrer Mama wegen des Prozentsatzes, den sie ihr zur Bestreitung des Haushaltes abliefern sollte. Wenn der Zank vorüber war, pflegte Michele D'Cruze über die niedrige Lehmmauer des Hauses zu klettern und Miß Vezzis nach der Manier der Grenzlinie die Cour zu schneiden, was mit vielen Zeremonien verknüpft ist. Michele war ein armer, kränklicher Mensch und dabei tiefschwarz, aber er hatte seinen Stolz. Um keinen Preis der Welt würde er sich haben sehen lassen, wenn er eine „Huqa" rauchte; und er sah auf die Eingeborenen herab, wie es nur ein Mann thun kann, der zu ? Eingeborenen-Blut in den Adern hat. Auch die Familie Vezzis hatte ihren Stolz. Sie leiteten ihre Abstammung von einem mythischen Schienenleger ab, der auf der Sone-Brücke gearbeitet hatte, als die Eisenbahnen in Indien noch neu waren, und schätzten ihren englischen Ursprung sehr hoch ein. Michele war Telegraphenwächter mit 35 Rupien monatlich. Die Thatsache, daß er in Diensten der Regierung stand, stimmte Mistreß Vezzis gegen den Mangel seiner Ahnen nachsichtig.

Es war nämlich eine kompromittierende Legende im Umlauf – der Schneider Dom Anna hatte sie von Poonani mitgebracht – daß ein schwarzer Jude von Cochin einmal in die D'Cruze Familie hineingeheiratet hatte; ferner war es ein offenes Geheimnis, daß ein Onkel der Mistreß D'Cruze zur selben Zeit in einem Club in Südindien häusliche Arbeiten, das Kochen mit eingerechnet, verrichtet hatte. Er schickte Mistreß D'Cruze jeden Monat sieben Rupien und 8 Annas; doch sie empfand die der Familie angethane Schmach trotzdem sehr schmerzlich.

Dennoch gewann es Mistreß Vezzis nach einigen Sonntagen über sich, diesen Makel zu übersehen, und so gab sie denn ihre Einwilligung zur Verheiratung ihrer Tochter mit Michele unter der Bedingung, daß dieser mindestens 50 Rupien monatlich haben sollte, wenn er ins eheliche Leben trat. Diese wunderbare Klugheit mußte wohl von dem Blut des mythischen Schienenlegers aus Yorkshire zurückgeblieben sein, denn die Leute von der Grenzlinie setzen sonst ihren Stolz darein, sich zu verheiraten, wenn sie *wollen*, nicht aber, wenn sie *können*.

Hinsichtlich seiner Stellung als Beamter hätte Miß Vezzis ebenso gut verlangen können, Michele sollte weggehen und mit dem Monde in der Tasche zurückkommen. Doch Michele war sterblich in Miß Vezzis verliebt und das verlieh ihm Zähigkeit. Er begleitete Miß Vezzis Sonntags zur Messe, und nach der Messe, wenn er durch den heißen Staub mit ihr Hand in Hand nach Hause ging, schwor er bei mehreren Heiligen, deren Namen den Leser nicht interessieren würden, Miß Vezzis nie zu vergessen; sie dagegen schwor bei ihrer Ehre und den Heiligen – der Eid lautete sehr merkwürdig: In nomine Sanctissimae (hier folgte nun der Name der Heiligen) und so fort, – Michele nie zu vergessen, was stets mit einem Kuß auf die Stirn, einem Kuß auf die linke Wange und einem Kuß auf den Mund besiegelt wurde.

In der nächsten Woche wurde Michele versetzt, und Miß Vezzis vergoß an dem Fenster des Coupees bittere Thränen, als er die Station verließ.

Wenn man die Telegraphenkarte von Indien betrachtet, so wird man eine lange Linie bemerken, die die Küste von Backergange bis Madras einschließt. Michele war nach Tibasu beordert, einem kleinen Nebenamte, das etwa ein Drittel unter dieser Linie liegt, um Nachrichten von Berhampor nach Chicacola zu senden, und außerhalb seiner Amtsstunden an Miß Vezzis und seine Aussichten, 50 Rupien im Monat zu verdienen, zu denken. Er hatte das Toben des bengalischen Meerbusens und einen bengalischen „Babu“ zur Gesellschaft, sonst nichts weiter. Er schickte verrückte Briefe mit Kreuzen auf den Couvertklappen an Miß Vezzis.

Als er fast drei Wochen in Tibasu gewesen war, stellte sich das ersehnte Glück ein.

Man vergesse nicht, daß nur, wenn die äußeren sichtbaren Zeichen unserer Autorität dem Eingeborenen stets vor Augen stehen, dieser im stande ist, zu begreifen, was Autorität überhaupt heißt, oder worin die Gefahr besteht, ihr nicht zu gehorchen. Tibarsu war ein weltvergessener kleiner Ort mit wenigen Orissa-Mohammedanern. Da diese von dem „Steuereinnehmer-Sahib“ einige Zeit nichts hörten, und den „Hindu-Unterrichter“ von Herzen verabscheuten, so veranstalteten sie auf eigene Faust einen kleinen „Mohurum-Aufstand“. Doch die Hindus wandten sich gegen sie, und zerschlugen ihnen die Köpfe; da sie aber die Gesetzlosigkeit amüsant fanden, so erregten auch sie mit den Mohammedanern eine zwecklose Empörung, um nur zu sehen, wie weit sie gehen konnten. Sie raubten sich gegenseitig die Läden aus, und erledigten ihre Privatzwistigkeiten in der üblichen Weise. Es war ein häßlicher, kleiner Aufstand, der aber nicht wert war, in den Zeitungen erwähnt zu werden. Michele arbeitete gerade in seinem Bureau, als er den Schrei vernahm, den ein Mensch in seinem Leben nie vergißt, das „ Ah-yah“ einer erregten Menge. (Wenn dieser Laut drei Töne umfaßt und sich in ein dickes, dröhnendes „Ut“ verwandelt, so thut der Mann, der es hört, besser, sich, wenn er allein ist, davon zu machen.) Der eingeborene Polizeiinspektor kam herbeigestürzt und sagte Michele, die Stadt wäre in Aufruhr, und man würde das Telegraphenbureau zerstören. Der „Babu“ setzte seine Mütze auf und sprang ruhig aus dem Fenster; dagegen sagte der Polizeiinspektor, der sich zwar fürchtete, aber doch dem alten Rasseninstinkt gehorchte, der einen Tropfen weißen Blutes erkennt, so verdünnt dasselbe auch sein mag:

„Was befiehlt der Sahib?“

Dieses Wort „Sahib“ übte auf Michele eine bestimmende Wirkung aus. Obwohl er schrecklich ängstlich war, so fühlte er doch, daß er, der Mann mit dem Juden aus Cochin und dem häusliche Arbeiten verrichtenden Onkel in seiner Verwandtschaft, der einzige Vertreter der englischen Autorität am Platze war. Dann dachte er an Miß Vezzis und die 50 Rupien und nahm die Situation auf sich. Es befanden sich in Tibasu 7 eingeborene Polizisten, die vier altersschwache, glattläufige Musketen besaßen. Alle waren leichenblaß vor Angst, ließen sich aber doch leiten. Michele zog den Schlüssel des Telegraphenapparates ab und trat an der Spitze seiner Armee dem Pöbel entgegen. Als die brüllende Menge um die Straßenecke bog, blieb er stehen und gab Feuer, und die Männer hinter ihm knallten instinktiv zu gleicher Zeit los.

Die ganze Schar drehte sich um, schrie auf und rannte davon. Einen Mann ließen sie tot zurück, während ein anderer sterbend auf der Straße lag. Michele schwitzte vor Furcht, doch er bemeisterte seine Schwäche und zog nach, der Stadt hinunter an dem Hause vorüber, wo der „Unterrichter" sich verbarrikadiert hatte. Die Straßen waren leer. Tibasu war noch erschrockener als Michele, denn der Mob war noch zur rechten Zeit eingeschüchtert worden.

Michele kehrte nach dem Telegraphenbureau zurück und schickte eine Depesche nach Chicacola ab, in der er um Hilfe bat. Bevor eine Antwort eintraf, empfing er eine Deputation der Aeltesten von Tibasu, die ihm erklärte, der Unterrichter hätte ihnen gesagt, seine Handlungsweise wäre im allgemeinen „unkonstitutionell" und ihn einzuschüchtern versuchten. Doch Michele D'Cruzes Herz schlug stark und weiß in seiner Brust, sowohl aus Liebe zu Miß Vezzis, dem Kindermädchen, als auch aus dem Grunde, daß er zum erstenmal Verantwortlichkeit und Erfolg kennen lernte. Diese beiden Gefühle wirken wie ein berauschender Trunk und haben mehr Leute zu Grunde gerichtet, als es der Whisky je gethan. Michele erwiderte, der Unterrichter könne sagen, was er wolle, doch bis der Assistent des Steuereinnehmers käme, wäre der Telegraphist die indische Regierung in Tibasu, und die Aeltesten der Stadt würden für weiteren Aufruhr haftbar gemacht werden. Darauf neigten sie die Häupter und sagten: „Sei barmherzig" oder etwas ähnliches und gingen in großer Furcht von dannen, indem jeder den andern anklagte, den Aufruhr begonnen zu haben.

Frühzeitig in der Morgendämmerung ging Michele, nachdem er mit seinen 7 Polizisten eine Nachtpatrouille abgehalten, mit der Muskete in der Hand, die Landstraße hinunter dem Assistenten entgegen, der herangeritten kam, um Tibasu zur Ruhe zu bringen. Doch in Gegenwart dieses jungen Engländers fühlte Michele, daß er mehr und mehr sich wieder zum Eingeborenen zurückverwandelte, und die Erzählung von dem Aufruhr in Tibasu endete, so sehr der Sprecher sich auch dagegen stemmte, in einem hysterischen Weinkrampf; er war tief bekümmert, daß er einen Menschen getötet hatte, schämte sich, daß er sich nicht so frei fühlen konnte, wie er sich die ganze Nacht gefühlt, und empfand einen kindischen Aerger, daß seine Zunge seinen großen Thaten nicht Gerechtigkeit widerfahren lassen konnte. Ohne daß er es wußte, war der Tropfen weißen Blutes uns Micheles Adern verschwunden.

Doch der Engländer verstand ihn, und nachdem er die Leute aus Tibasu gemaßregelt und mit dem Unterrichter konferiert hatte, bis dieser vortreffliche Beamte grün wurde, fand er Zeit, einen amtlichen Bericht aufzusetzen, in welchem er Micheles Verhalten schilderte. Dieser Brief machte die üblichen Instanzen durch, und bewirkte die nochmalige Versetzung Micheles mit dem kaiserlichen Gehalt von 66 Rupien monatlich.

So verheiratete er sich mit Miß Vezzis unter großem Gepränge und Feierlichkeiten, und jetzt springen mehrere kleine D'Cruzes auf der Veranda des Zentral-Telegraphenbureaus herum.

Doch wenn das ganze Einkommen des Departements, in dem er dient, ihm zufallen sollte, so könnte Michele doch nie, nie wieder erzählen, was er damals in Tibasu für Miß Vezzis, das Kindermädchen, gethan.

Das beweist, daß, wenn ein Mann eine gute That ausübt, die in keinem Verhältnis zu seinem Gehalt steht, in sieben von neun Malen ein Weib dahinter steckt.

Die zwei Ausnahmen müssen wohl am Sonnenstich gelitten haben.

Ewige Liebe.

Als der Hafendampfer von Gravesend den nach Bombay segelnden Steamer verließ und zurückfuhr, um die Eisenbahn zu erreichen, befanden sich viele Leute darauf, welche weinten. Am meisten aber und am auffälligsten weinte Miß Agnes Laiter. Sie hatte auch Grund zu weinen; denn der einzige Mann, den sie je geliebt hatte, oder wie sie sagte, je lieben könnte, fuhr nach Indien, und Indien wird, wie jeder weiß, gleichmäßig in Dschungeln, Brillenschlangen, Tiger, Cholera und Lipoys eingeteilt.

Phil Garron, der sich im Regen über den Bord des Steamers lehnte, fühlte sich auch sehr unglücklich, aber er weinte nicht. Er wurde zum „Thee“ geschickt. Was „Thee“ eigentlich bedeutete, davon hatte er nicht die geringste Ahnung, doch er bildete sich ein, er würde auf einem sich bäumendem Pferde über mit Theepflanzungen bedeckte Hügel sprengen und dafür ein hohes Gehalt beziehen; deshalb war er auch seinem Onkel sehr dankbar, weil er ihm diese Anstellung verschafft hatte. Er hatte auch wirklich die Absicht, sein schlaffes, nachlässiges Benehmen aufzugeben, einen großen Teil seines prächtigen Gehaltes jährlich zu sparen und in kurzer Zeit zurückzukehren, um Agnes Laiter zu heiraten. Phil Garron hatte drei Jahre seinen Freunden auf dem Halse gelegen, und da er nichts zu thun hatte, so verliebte er sich natürlich. Er war sehr hübsch, doch in seinen Ansichten, Meinungen und Prinzipien nicht besonders bedeutend, und obwohl er nie Unannehmlichkeiten verursachte, so waren ihm seine Freunde doch dankbar, als er ihnen Adieu sagte, und sich zu jenem geheimnisvollen „Thee“geschäft in der Nähe von Darjiling begab. Sie sagten: „Gott segne Sie, mein lieber Junge, lassen Sie sich nie wieder bei uns sehen!“ Als er abfuhr, hatte er große Pläne, um sich selbst mehrere hundert Mal zu beweisen, daß er weit besser als irgend ein anderer seine Stelle ausfüllen würde; er wollte wie ein Pferd arbeiten, und Agnes Laiter im Triumph heimführen. Außer seinen guten Aussichten hatte er noch viele gute Seiten; sein einziger Fehler war, daß er schwach in dieser schwachen Welt, sogar unendlich schwach war. Er hatte soviel Ahnung von der Oekonomie wie die Morgensonne, und doch konnte man nicht einen einzigen Punkt anführen und sagen: „Hierin ist Phil Garron extravagant oder sorglos. Man konnte auch kein besonderes Laster in seinem Charakter herausfinden; doch er war „ungenügend“ und ließ sich kneten wie Teig.

Agnes Laiter erfüllte ihre häuslichen Pflichten – ihre Familie war gegen die Verlobung –, mit rotgeweinten Augen, während Phil nach Darjiling fuhr, einem Hafen im „bengalischen Ozean“, wie seine Mutter ihren

Freunden gegenüber zu sagen pflegte. Er war an Bord ziemlich beliebt, machte viele Bekanntschaften und eine ziemlich große Spirituosen-Rechnung, und schickte von jedem Hafen aus ellenlange Briefe an Agnes Laiter. Dann begann seine Thätigkeit auf der Pflanzung, die zwischen Darjiling und Kangra lag, und obwohl das Gehalt, das Pferd und die Arbeit nicht ganz so waren, wie er es sich vorgestellt hatte, so ging doch alles gut, und er faßte sogar ein unberechtigtes Zutrauen zu seiner Ausdauer.

Im Laufe der Zeit, als er sich mehr eingelebt hatte, und seine Arbeit ihn mehr in Anspruch nahm, schwand ihm Agnes Laiters Bild aus dem Gedächtnis und erschien nur noch, wenn er freie Zeit hatte, was nicht oft der Fall war. Er vergaß sie vierzehn Tage lang vollständig, und erinnerte sich an sie nur ganz flüchtig, wie ein Schuljunge, der vergessen hat, seine Lektion zu lernen. Sie aber vergaß Phil *nicht*, weil sie zu der Art von Leuten gehörte, die *nie* vergessen. Indessen stellte sich ein anderer Mann – ein wirklich beachtenswerter junger Mann – Mistreß Laiter vor; die Möglichkeit einer Heirat mit Phil lag ferner als je; seine Briefe waren so unbefriedigend; ferner wurde von Hause aus ein gewisser Druck auf das junge Mädchen ausgeübt; der junge Mann war wirklich, was das Einkommen anbetraf, eine gute Partie; das Ende vom Liede war, daß Agnes ihn heiratete und einen stürmisch-wilden Brief an Phil in die Einsamkeit von Darjiling schrieb, in welchem sie ihm sagte, sie würde in ihrem ganzen Leben keinen glücklichen Augenblick mehr haben. Diese Prophezeiung sollte in Erfüllung gehen.

Phil erhielt diesen Brief und hielt sich für betrogen. Dies geschah zwei Jahre, nachdem er hergekommen war; doch dadurch, daß er jetzt wieder an Agnes Laiter dachte, ihre Photographie betrachtete und sich selbst einredete, er wäre einer der beständigsten Liebhaber der Weltgeschichte, glaubte er schließlich selbst, er wäre sehr schlecht behandelt, worden. Er setzte sich hin und schrieb einen Abschiedsbrief, eine wirklich pathetische Epistel mit der berühmten Phrase „Bis an der Welt Ende! Amen“; er erklärte ihr, „er würde ihr bis in die Ewigkeit treu bleiben“, alle Frauen wären einander gleich, und er wolle sein gebrochenes Herz verbergen u. s. w.“; „doch in künftiger Zeit“ u. s. w.; „er könne warten u. s.

w.“; „unveränderte Neigung u. s. w.“; „zu ihrer alten Liebe zurückkehren u. s. w.“, und das alles auf acht enggeschriebenen Seiten. Vom künstlerischen Standpunkte aus war es eine sehr hübsche Arbeit; doch ein gewöhnlicher Philister, der den wirklichen Zustand von Phils Gefühlen kannte, das heißt, nicht diejenigen, zu denen er sich beim Schreiben erhob, hätte es als das durch und durch gemeine und selbstsüchtige Werk eines durch und durch gemeinen und selbstsüchtigen Menschen angesehen. Doch dieses Urteil wäre ungerecht gewesen. Phil bezahlte das Porto und fühlte jedes Wort, das er geschrieben, noch wenigstens zwei und einen halben Tag. Es war das letzte Flackern, bevor das Licht ausging. Dieser Brief machte Agnes Laiter sehr unglücklich, und sie weinte und versteckte ihn in ihrem Schreibtisch. Dann wurde sie nach dem Wunsch ihrer Familie, wie es ja die Pflicht eines jeden Christenmädchens ist, Frau „Irgendwer“.

Phil ging seiner Wege und dachte an den Brief nicht mehr, als etwa ein Künstler an eine gelungene Skizze denkt. Seine Wege waren nicht schlecht, aber sie waren auch nicht gut, bis sie ihn zu Danmaya, der Tochter eines früheren Majors der Eingeborenen-Armee führten. Das Mädchen hatte einen Tropfen „Hügelblut“ in den Adern, und war wie alle „Hügelbewohnerinnen“ kein Schmachtlappen. Sie war ein gutes und hübsches Mädchen und in ihrer Art sehr klug und gescheidt, obwohl natürlich ein bischen rauh. Wo Phil sie kennen lernte, oder wo er von ihr gehört hatte, thut nichts zur Sache. Man darf nicht vergessen, daß Phil sehr behaglich lebte, sich einen gewissen kleinen Luxus nicht versagte, nie einen Anna beiseite legte, mit sich und seinen guten Absichten sehr zufrieden war, nach und nach allen Briefwechsel mit England einstellte und mehr und mehr dieses Land als seine Heimat zu betrachten begann. Manche Männer verfallen auf diesen Weg und sind nachher nicht mehr viel nütze. Das Klima war an dem Orte, wo er stationiert war, gut, und er hatte wirklich keine Veranlassung mehr, nach Hause zu reisen.

Er that, was viele Pflanzer vor ihm gethan haben, das heißt, er faßte den Entschluß, ein Mädchen vom „Hügelland“ zu heiraten und sich hier niederzulassen. Er war damals 24 Jahre, hatte noch ein langes Leben vor sich, aber kein Bestreben, es darin vorwärts zu bringen. So heiratete er denn Dunmaya nach dem Ritus der englischen Kirche. Einige der benachbarten Pflanzer sagten, er wäre ein Narr, und einige meinten, er wäre ein weiser Mann. Dunmaya war ein durch und durch rechtschaffenes Mädchen und besaß trotz ihrer Hochachtung vor einem Engländer einen sehr vernünftigen Blick für ihres Mannes Schwächen. Sie leitete ihn zärtlich und wurde in kaum einem Jahr eine sehr passable Nachahmung einer englischen Dame in Anzug und Benehmen. (Es ist merkwürdig, daß ein „Hügelbewohner“ trotz seiner Erziehung lebenslänglich ein „Hügelbewohner“ bleibt; doch eine „Hügelbewohnerin“ kann ihre englischen Schwestern in sechs Monaten in den meisten Dingen erreichen. Da war z. B. eine Kulifrau; doch das ist eine andere Geschichte.)

Dunmaya kleidete sich vorzugsweise schwarz und gelb, und sah sehr gut aus.

Mittlerweile lag der Brief in Agnes' Pult, und dann und wann dachte sie an den armen, verlassenen Phil, der unter den Brillenschlangen und Tigern von Darjiling so hart arbeiten mußte, und sich in der eitlen Hoffnung wiegte, sie würde wieder zu ihm zurückkehren. Ihr Gatte wog zehn Phils auf; abgesehen davon, daß er herzleidend war. Drei Jahre nach seiner Heirat – nachdem er Nizza und Algier wegen seines Leidens besucht – ging er nach Bombay, wo er starb und Agnes ihre Freiheit zurückgab. Da sie eine fromme Frau war, so erblickte sie in seinem Tode und dem Orte desselben einen direkten Wink der Vorsehung, und als sie sich von dem Schlage erholt hatte, nahm sie Phils Brief mit den „u. s. w.“, den dicken Tintenklexen und den kleinen Tintenklexen hervor, las ihn sich wieder durch und küßte ihn mehrmals. Niemand kannte sie in Bombay, sie hatte das Vermögen ihres Mannes geerbt, das ziemlich groß war, und Phil war ganz in ihrer Nähe. Natürlich war es schlecht und unschön, doch sie entschloß sich, wie es die Heldinnen in den Romanen thun, ihren alten Liebhaber wieder aufzusuchen, ihm ihre Hand und ihr Geld anzubieten, und den Rest ihres Lebens in irgend einem Ort, fern von unsympathischen Menschen zu verleben. Sie saß zwei Monate allein in Watsons Hotel, arbeitete ihren Entschluß aus, und das Bild, das sie sich entwarf, war sehr hübsch. Dann machte sie sich auf die Suche nach Phil Garron, Beamten einer Pflanzung mit ganz außergewöhnlich unaussprechbaren Namen.

*

Sie fand ihn und verbrachte mit der Suche einen Monat, denn seine Pflanzung lag gar nicht im Bezirk von Darjiling, sondern in der Nähe von Kangra. Phil hatte sich sehr wenig verändert, und Dunmaya war sehr lieb zu ihr. Das eigentümlich Sündhafte und Schmachvolle bei der ganzen Geschichte ist, daß Phil, der wirklich nicht wert ist, daß man zweimal an ihn denkt, von Dunmaya geliebt wurde, und geliebt wird, aber noch mehr als geliebt von Agnes, deren ganzes Leben er zerstört zu haben scheint.

Das schlimmste aber von allem ist, Dunmaya machte ihn zu einem anständigen Menschen, und er wird schließlich durch ihren Einfluß vor der Verdammnis gerettet werden.

Das ist aber wirklich nicht schön.

Pluffles Errettung.

Mistreß Hauksbee war manchmal zu ihrem eigenen Geschlechte sehr lieb. Diese Geschichte soll es beweisen. Man kann davon gerade soviel glauben, wie man will.

Pluffles war ein Subalternoffizier bei den Unmentionables. Er war kahl, sogar für einen Subalternoffizier, das heißt geistig. Er war vollständig kahl, wie ein Kanarienvogel, der noch nicht flügge geworden ist. Das Schlimmste dabei war, daß er dreimal mehr Geld besaß, als für ihn gut war; denn Pluffles' Papa war ein reicher Mann, und Pluffles war der einzige Sohn. Pluffles' Mama betete ihn an, sie war fast ebenso kahl wie Pluffles und glaubte alles, was er sagte.

Pluffles Schwäche dagegen war, daß er *nicht* glaubte, was die Leute sagten. Er zog es vor, „sich seinem eigenen Urteil zu überlassen“. Er hatte soviel Urteil, als er Hände und Füße hatte; und diese Vorliebe brachte ihn ein- oder zweimal in Verlegenheit. Die größte Verlegenheit aber, die sich Pluffles je zuzog, ereignete sich in Simla – vor einigen Jahren, als er 24 zählte.

Er verließ sich wie gewöhnlich auf sein eigenes Urteil, und das Resultat war, daß er nach einiger Zeit mit Händen und Füßen an Mistreß Reivers' Triumphwagen gefesselt war.

An Mistreß Reivers war nichts schön, bis auf ihre Toilette. Sie war häßlich vom Haar, das auf den Kopf eines bretonischen Mädchens gewachsen war, bis zu ihren Schuhhacken, die zweidreiachtel Zoll hoch waren. Sie war nicht rechtschaffen-boshaft wie Mistreß Hauksbee, dafür aber war sie berechnend-heimtückisch. Sie veranlaßte nie einen Skandal, dazu hatte sie nicht genügend leidenschaftliches Temperament. Sie war die Ausnahme, welche die Regel bestätigt, daß die englisch-indischen Damen genau ebenso nett sind, wie ihre Schwestern in der Heimat. Sie verbrachte ihr ganzes Leben, um diese Regel zu beweisen. Mistreß Hauksbee und sie haßten sich gegenseitig mit Leidenschaft. Sie haßten sich zu sehr, um nur zu zanken, doch die Dinge, die sie von einander sprachen, waren gediegen, um nicht zu sagen originell. Mistreß Hauksbee war echt, echt wie ihre eigenen Vorderzähne – und – bis auf ihre Liebe zum Klatschen und zur Bosheit wäre sie ein echtes Weib gewesen. An Mistreß Reivers dagegen war nichts echt, bis auf ihre Selbstsucht. Zu Beginn der Saison fiel der arme kleine Pluffles ihr zur Beute. Sie legte es übrigens darauf an, und wie hätte Pluffles widerstehen können? Er verließ sich auf „sein eigenes Urteil", und wurde *ver*urteilt.

Ich habe Hayes mit einem ungeberdigen Pferde verhandeln sehen, ich sah einen Tongotreiber einen bockigen Pony zur Raison bringen, ich sah einen störrigen Hund von einem kräftigen Treiber zur Unterwürfigkeit gezwungen; doch die Demut Pluffles' von den Husaren war gegen all' das gar nichts. Er lernte es, auf ein Wort von Mistreß Reivers wie ein Hund zu apportieren, herbeizuschleppen und aufzuwarten. Er lernte es, auf Verabredungen einzugehen, die zu halten Mistreß Reivers nicht die geringste Absicht hatte. Er lernte es, mit dankbarem Gemüt Tänze anzunehmen, die inne zu halten Mistreß Reivers nicht geneigt war. Er lernte es, anderthalb Stunden auf der Windseite des Elysiums zu warten, bevor Mistreß Reivers sich entschloß, ob sie ausreiten sollte oder nicht. Er lernte es, in leichtem Gesellschaftsanzuge bei strömendem Regen nach einem Wagen herumzujagen, und neben diesem Wagen herzulaufen, wenn er ihn endlich gefunden hatte. Er lernte es, wie mit einem Kuli mit sich sprechen und sich wie einem Koch befehlen zu lassen. Er lernte alles dieses, und außerdem noch vieles anderes. Dafür bezahlte er sein Schulgeld.

Vielleicht redete er sich unklarer Weise ein, das wäre fein und eindrucksvoll, verschaffe ihm Nimbus unter den Leuten, und man *müsse* so handeln. Es war niemandes Sache, Pluffles' zu warnen, daß er unklug handele. Der Verlauf der Saison war zu gut, um Untersuchungen anzustellen, und es ist immer eine undankbare Sache, sich in anderer Leute Tollheiten zu mischen. Pluffles' Oberst hätte ihn zu seinem Regiment zurückschicken sollen, als er hörte, wie die Dinge sich anließen. Doch Pluffles hatte sich während seines letzten Urlaubs mit einem jungen Mädchen in England verlobt, und wenn der Oberst etwas auf Erden verabscheute, so war es ein verheirateter Subalternoffizier. Er schmunzelte, als er von Pluffles' Erziehung hörte und meinte, das wäre eine „gute Uebung für den Jungen". Aber es war schließlich gar keine gute Uebung. Es veranlaßte ihn, Geld über seine Mittel auszugeben, was ja nicht schlimm war, aber diese Erziehung vernichtete einen Durchschnittsmenschen und machte aus ihm einen Zehntelmann bedenklichster Art. Jetzt aber trat Mistreß Hauksbee in die Erscheinung. Sie spielte ihr Spiel allein, denn sie wußte, was die Leute von ihr sagten, und sie spielte es um eines Mädchens willen, das sie nie gesehen hatte. Pluffles' Braut sollte unter der Obhut einer Tante im Oktober kommen, um sich mit ihm zu verheiraten.

Zu Anfang des August kam Mistreß Hauksbee zu der Ueberzeugung, daß es Zeit war, einzuschreiten. Ein Mann, der viel reitet, weiß genau, was ein Pferd zunächst thun wird. Ebenso weiß eine Frau von Mistreß Hauksbees Erfahrung ganz sicher, wie sich ein junger Mensch unter gewissen Umständen benehmen wird – namentlich, wenn er in eine Dame von Mistreß Reivers' Kaliber vernarrt ist. Sie sagte, der kleine Pluffles würde früher oder später seine Verlobung aufheben, nur um Mistreß Reivers einen Gefallen zu thun, die ihn dafür gerade so lange zu ihren Füßen und in ihren Diensten erhalten würde, als ihr die Sache der Mühe wert erschien. Sie meinte, sie kenne die Anzeichen für so etwas. Wenn *sie* sie nicht kennen sollte, dann wüßte sie nicht, wer sie kennen sollte.

Dann machte sie sich daran, Pluffles unter dem Feuer des Feindes gefangen zu nehmen, und dieses eigentümliche Scharmützel dauerte sieben Wochen. Wir nannten es den siebenwöchentlichen Krieg – und es wurde Zoll für Zoll auf beiden Seiten ausgekämpft. Ein ausführlicher Bericht würde ein Buch füllen und doch noch unvollkommen sein. Jeder, der etwas von solchen Dingen versteht, kann sich die Einzelheiten selbst vorstellen. Es war ein prächtiger Kampf; so etwas wird nie wieder vorkommen, so lange Jakko steht, und Pluffles war der Siegespreis. Die Leute sagten schamlose Dinge über Mistreß Hauksbee, sie wußten eben nicht, was sie im Schilde führte. Mistreß Reivers focht teilweis, weil Pluffles ihr nützlich war, hauptsächlich aber, weil sie Mistreß Hauksbee haßte, und die Sache eine Art Kraftprobe zwischen beiden war. Was Pluffles von beiden dachte, wußte niemand. Er hatte in seinen besten Zeiten nicht viel Gedanken, und das wenige, was er besaß, machte ihn eingebildet. Mistreß Hauksbee sagte: „Dem Jungen muß man schmeicheln; das beste Mittel, ihn gefangen zu nehmen, ist, ihn gut zu behandeln.“

Sie behandelte ihn deshalb, so lange der Ausgang zweifelhaft war, als einen Mann von Welt und Erfahrung. Nach und nach fiel Pluffles von seiner alten Bundesgenossin ab und ging zum Feinde über, der so große Stücke auf ihn hielt. Er wurde jetzt nicht mehr auf Posten geschickt, um Kutschen ausfindig zu machen; auch wurden ihm nie Tänze zugesagt, die man nachher nicht hielt, und ebenso wenig legte man auf seine Börse Beschlag. Mistreß Hauksbee hielt ihn an der Trense, und nach der Behandlung, die er in Mistreß Reivers Händen erfahren hatte, wußte er diese Veränderung zu schätzen.

Mistreß Reivers hatte es ihm abgewöhnt, von sich selbst zu sprechen und veranlaßte ihn, von ihren eigenen Talenten zu reden. Mistreß Hauksbee handelte anders und gewann sein Vertrauen, bis er ihr eines Tages seine Verlobung mit dem jungen Mädchen in der Heimat erzählte, die er verächtlich als „knabenhafte Tollheit“ bezeichnete. Das geschah, als er eines nachmittags bei ihr den Thee einnahm und ein seiner Ansicht nach anregendes Gespräch mit ihr führte. Mistreß Hauksbee hatte schon eine frühere Generation seines Kalibers grünen und blühen und sich zu fetten Hauptleuten und aufgeschwemmten Majoren entwickeln sehen. Nach mäßiger Schätzung hatte der Charakter dieser Dame 23 Seiten, einige behaupteten sogar, noch mehr. Sie begann, mit einer Art Kehltriller in der Stimme, die eine schmeichelhafte Wirkung hatte, zu ihm zu reden, obwohl das, was sie sagte, nichts weniger als schmeichelhaft war. Sie begann, mit Pluffles im Tone einer Mutter zu sprechen, und als wenn der Altersunterschied zwischen ihnen nicht 15, sondern 300 Jahre betragen hätte. Sie deutete auf die außergewöhnliche Thorheit, um nicht zu sagen Verrücktheit von Pluffles' Benehmen, und auf die Beschränktheit seiner Ansichten hin. Dann stotterte er etwas, als „Mann von Welt“ müsse er sich auf „sein eigenes Urteil verlassen“, und das ebnete ihr den Weg zu dem, was sie zunächst zu sagen hatte. Pluffles würde aufgefahren sein, hätte eine andere Frau so zu ihm gesprochen; doch in der sanften, säuselnden Manier, in der Mistreß Hauksbee es that, machte es ihn nur reumütig und zerknirscht, gerade als wenn er sich in einer Kirche befunden hätte. Nach und nach befreite sie ganz sanft und freundlich Pluffles von seinem Dünkel, gerade so wie man die Stangen aus einem Regenschirm nimmt, bevor man ihn neu überzieht. Sie sagte ihm, was sie von ihm, seinem Urteil und seiner Menschenkenntnis hielte; wie sein Benehmen ihn bei andern Leuten lächerlich mache; und wie er auf dem Sprunge stände, sich in sie zu verlieben, wenn sie ihm nur Gelegenheit dazu gäbe. Dann sagte sie, was die Ehe aus ihm machen würde, und entwarf ein hübsches, kleines Bild in rosenroten Farben von der künftigen Mistreß Pluffles, die sich, auf das Urteil und die Menschenkenntnis eines Gatten verlassend, der sich nichts vorzuwerfen hatte, durchs Leben gehen würde.

Wie sie diese beiden Punkte miteinander in Einklang brachte, wußte nur sie allein. Jedenfalls aber hatte Pluffles nichts dagegen einzuwenden.

Es war eine vollendete kleine Predigt – weit besser, als sie ein Geistlicher hätte halten können –, die mit rührenden Anspielungen auf Pluffles' Mama und Papa und der weisen Mahnung endigte, die Braut aus der Heimat zu nehmen.

Dann schickte sie Pluffles zu einem Spaziergang fort, damit er sich das, was sie gesagt, überlegen konnte. Pluffles entfernte sich mit strammem Gange, heftigem Räuspern und hocherhobenem Haupte. Mistreß Hauksbee lachte.

Was Pluffles in Sachen der Verlobung zu thun gedachte, wußte nur Mistreß Reivers allein, und diese hielt es bis zu ihrem Tode geheim. Ich glaube, sie hätte es als ein Kompliment aufgefaßt, wenn die Verlobung in die Brüche gegangen wäre.

Pluffles hatte in den nächsten Tagen noch viele Unterredungen mit Mistreß Hauksbee. Sie hatten alle denselben Schluß und führten Pluffles auf den Pfad der Tugend.

Mistreß Hauksbee wollte ihn bis zuletzt unter ihren Fittichen behalten, und darum riet sie ihm auch ab, zur Heirat nach Bombay zu fahren. „Gott allein mag wissen, was ihm unterwegs passieren mag," sagte sie sich. „Pluffles wird von dem Fluche Rubens verfolgt, und Indien ist kein geeignetes Land für ihn."

Schließlich kam die Braut mit ihrer Tante, und Pluffles, der seine Angelegenheiten so ziemlich in Ordnung gebracht hatte – auch hierbei war ihm Mistreß Hauksbee wieder behilflich – verheiratete sich.

Mistreß Hauksbee stieß einen Seufzer der Erleichterung aus, als beide das „Ja" gesprochen hatten, und ging ihrer Wege.

Pluffles befolgte ihren Rat und kehrte in die Heimat zurück. Er gab den Dienst auf und züchtet jetzt irgendwo in England hinter grün angestrichenen Zäunen geflecktes Rindvieh. Ich glaube, er thut das sehr gewissenhaft; hier hätte er nur große Unannehmlichkeiten zu erleiden gehabt.

Aus diesen Gründen erzähle man jedem, der etwas außergewöhnliches über Mistreß Hauksbee spricht, die Geschichte von Pluffles' Rettung.

Zurückgewonnen.

Nach der Verheiratung tritt in der Regel eine Reaktion ein, manchmal eine große, manchmal eine kleine; doch sie kommt früher oder später und muß sich über beide Teile ergießen, wenn sie den Rest ihres Lebens glücklich und zufrieden verbringen wollen.

Bei dem Cusack-Bremmils setzte diese Reaktion erst im dritten Jahre nach der Ehe ein. Bremmil war in seiner besten Zeit schwer zu bändigen; doch er war ein guter Ehemann, bis das Kind starb, und Mistreß Bremmil schwarze Kleider trug, mager wurde und trauerte, als wenn die schönste Frucht des Universums abgefallen wäre. Vielleicht hätte Bremmil sie trösten sollen. Ich glaube, er that es auch; jedoch je mehr er tröstete, desto mehr härmte sich Mistreß Bremmil, und desto unbehaglicher fühlte sich infolgedessen Bremmil selbst. Thatsache ist, daß beide ein Auffrischungsmittel brauchten, und sie bekamen es auch. Jetzt kann Mistreß Bremmil freilich lachen, aber damals war nichts lächerliches an der Sache.

Man sieht jetzt Mistreß Hauksbee am Horizont erscheinen, und wo sie auftauchte, war es nie recht geheuer. In Simla führte sie den Zunamen „der Sturmvogel“, und sie hatte diesen Titel, wenigstens soviel ich weiß, gewiß fünfmal verdient. Sie war eine kleine, braune, magere, fast dünne Frau, mit großen, unstäten Veilchenaugen und den freundlichsten Manieren von der Welt. Man brauchte ihren Namen nur bei einem Nachmittagsthee zu erwähnen; dann stand jede in dem Zimmer anwesende Dame auf und nannte sie – nun – das Gegenteil von „gesegnet“. Sie war klug, witzig, glänzend und überragte die meisten ihrer Art, doch sie besaß auch eine verteufelte Malice und Bosheit. Trotzdem konnte sie sehr nett sein, sogar zu ihrem eigenen Geschlecht; doch das gehört in eine andere Geschichte.

Bremmil verließ nach dem Tode des Kindes oft seine Häuslichkeit; es entwickelte sich daraus eine allgemeine Unbehaglichkeit, und Mistreß Hauksbee nahm ihn für sich in Beschlag. Sie hatte kein Vergnügen daran, ihren Gefangenen zu verbergen. Sie nahm ihn öffentlich in Beschlag und sorgte dafür, daß das Publikum es auch bemerkte. Er ritt mit ihr aus, ging mit ihr spazieren, schwatzte mit ihr, veranstaltete mit ihr Picknicks, frühstückte mit ihr bei „Peliti", bis die Leute die Augen aufrissen und „ shocking" sagten. Mistreß Bremmil blieb zu Hause, betrachtete die Kleider des toten Kindes und weinte in die leere Wiege hinein. Um etwas anderes kümmerte sie sich gar nicht. Doch acht liebe gute Freundinnen erklärten ihr schließlich die Situation, falls sie den Braten noch nicht gerochen haben sollte. Mistreß Bremmil hörte ruhig zu und dankte ihnen für ihre liebenswürdigen Dienste. Sie war nicht so klug wie Mistreß Hauksbee, aber dumm war sie doch nicht. Sie ging mit sich selbst zu Rat und sagte, von dem, was sie gehört habe, zu Bremmil kein Wort. Das muß erwähnt werden, denn über so etwas mit einem Manne zu sprechen oder gar darüber zu jammern, hat nie gut gethan.

Wenn Bremmil zu Hause war, was nicht oft geschah, so war er liebevoller als gewöhnlich; und das sprach gegen ihn. Die Zuneigung war erzwungen, teilweise, um sein eigenes Gewissen zu beschwichtigen, teilweise, um Mistreß Bremmil zu beruhigen; in beiderlei Hinsicht verfehlte sie ihre Wirkung.

Nun erhielten Mister und Mistreß Cusack Bremmil im Auftrage des Adjutanten des Vicekönigs von „Ihren Excellenzen, Lord und Lady Lytton" eine Einladung nach Peterhoff für den „26. Juli zehneinhalb Uhr abends." In der linken Ecke unten stand: „Es wird getanzt."

„Ich kann nicht gehen," sagte Mistreß Bremmil, „es ist noch zu kurze Zeit nach dem Tode der armen, kleinen Florrie; aber du darfst dich deshalb nicht zurückhalten lassen."

Sie meinte ganz aufrichtig, was sie sagte, und Bremmil sagte, er würde hingehen, um den Schein zu wahren. Er sprach aber nicht aus, was er glaubte, und Mistreß Bremmil wußte das. Sie vermutete – die Vermutung einer Frau ist oft viel bestimmter, als die Gewißheit eines Mannes – daß er von Anfang an hinzugehen beabsichtigte, und zwar mit Mistreß Hauksbee. Sie setzte sich hin, um zu überlegen, und das Resultat ihrer Ueberlegung war, daß die Erinnerung an ein totes Kind doch weniger hoch anzuschlagen sei, als die Zuneigung eines lebenden Gatten. Sie entwarf ihren Plan und beschloß, alles aufs Spiel zu setzen. In dieser Stunde entdeckte sie, daß sie Tom Bremmil durch und durch kannte, und diese Kenntnis wollte sie sich zu Nutzen machen.

„Tom," sagte sie, „ich werde am 26. bei den Longmores dinieren; du thätest also gut, wenn du im Club speisen wolltest."

Das ersparte Bremmil, eine Entschuldigung zu suchen, weil er ebenfalls fortbleiben und mit Mistreß Hauksbee dinieren wollte. Er war seiner Frau dankbar, fühlte sich aber gleichzeitig klein und gedemütigt, was ganz heilsam für ihn war. Bremmil verließ das Haus um 5 Uhr, um einen Spazierritt zu machen. Um halb sechs Uhr abends kam ein großer, mit Leder überzogener Korb für Mistreß Bremmil von Fhelps Modewarenmagazin.an. Sie war eine Frau, die sich zu kleiden verstand, und hatte nicht umsonst eine Woche damit zugebracht, um dieses Kleid zu entwerfen, es zuschneiden, bügeln, garnieren, plissieren und wattieren zu lassen. Es war ein prachtvolles Kleid, leichte Trauer. Ich kann es nicht beschreiben, doch es war, was die „Schneiderkönige" eine „Schöpfung" nennen – ein Ding, das einem gerade in die Augen fällt und einem den Atem benimmt. Sie hatte zu dem, was sie thun wollte, nicht viel Lust; doch als sie sich in dem großen Spiegel schaute, hatte sie die Genugthuung, zu erkennen, daß sie nie in ihrem Leben so gut ausgesehen hatte. Sie war eine große Blondine und machte, wenn sie wollte, eine prächtige Figur aus.

Nach dem Diner bei den Longmores fuhr sie – etwas spät – zum Ball und traf dort Bremmil mit Mistreß Hauksbee am Arm. Darüber errötete sie, und als die Männer sie umschwirrten, um sie zum Tanze aufzufordern, sah sie ganz reizend aus. Sie füllte ihre Tanzkarte bis auf drei Tänze aus, die sie frei ließ. Mistreß Hauksbee sah ihr einmal ins Auge und erkannte, daß Krieg – richtiger Krieg – zwischen ihnen herrsche. Sie war bei dem Kampfe im Nachteil, denn sie hatte sich schon zuviel gegen Bremmil herausgenommen. Außerdem hatte er seine Frau nie so reizend gesehen. Er blickte sie von der Thür aus an, und beobachtete sie, wenn sie mit ihrem Tänzer vorüberschwebte, und je länger er sie erblickte, desto aufgeregter wurde er. Er konnte kaum glauben, daß das die Frau mit den roten Augen und dem schwarzen Stoffkleid war, das morgens beim Frühstück über die Eier zu jammern pflegte.

Mistreß Hauksbee that ihr möglichstes, um ihn bei sich zu behalten, doch nach zwei Tänzen ging er zu seiner Frau hinüber und forderte sie auf.

„Es thut mir leid, aber Sie kommen zu spät, Mister Bremmil,“ sagte sie augenblinzelnd.

Nun bat er sie, ihm einen Tanz zu bewilligen, und als große Gunst gewährte sie ihm den fünften Walzer. Glücklicherweise war Nr. 5 auf seiner Tanzkarte noch frei. Sie tanzten ihn zusammen, und ein leises Flüstern ging durch den Saal. Bremmil hatte wohl eine Ahnung, daß seine Frau tanzen konnte, doch er wußte nicht, daß sie so himmlisch tanzte. Als dieser Walzer zu Ende war, bat er um einen neuen, als eine Gunst, nicht als sein Recht, und Mistreß Bremmil sagte:

„Zeige mir doch deine Tanzkarte, mein Lieber.“

Er zeigte sie, wie ein unartiger kleiner Schuljunge die Hände aufhält, um seinem Lehrer die eingeschmuggelten Süßigkeiten zu zeigen. Da stand eine große Anzahl von H.s verzeichnet und außerdem ein H. beim Souper. Mistreß Bremmil sagte kein Wort, aber sie lächelte verächtlich, strich mit ihrem Bleistift die Nummer 7 und 9 durch und gab die Karte zurück, nachdem sie ihren eigenen Namen darauf geschrieben, einen Kosenamen, den nur sie und ihr Gatte zu gebrauchen pflegten. Dann drohte sie ihm mit dem Finger und sagte lachend:

„O, du dummer, dummer Junge.“

Mistreß Hauksbee hörte das und fühlte, daß sie unterlegen war. Bremmil nahm die Tänze Nummer 7 und 9 dankbar an. Sie tanzten Nummer sieben und saßen während des neunten Tanzes in einem der kleinen Zelte. Was Bremmil und Mistreß Bremmil sich sagten, geht niemand etwas an.

Als das Orchester zum „Roastbeef of old England“ blies, gingen die beiden auf die Veranda hinaus, und Bremmil begann nach dem Wagen seiner Frau (damals ging noch keine Post) Umschau zu halten, während sie in das Garderobezimmer ging. Mistreß Hauksbee trat auf ihn zu und sagte:

„Sie führen mich doch zum Souper, Mister Bremmil?“

Bremmil wurde rot und machte verlegene Augen:

„Hm, ich fahre mit meiner Frau nach Hause, ich glaube, es hat hier ein kleines Mißverständnis vorgeherrscht.“

Da er ein Mann war, so sprach er, als wäre Mistreß Hauksbee allein dafür verantwortlich gewesen.

Mistreß Bremmil kam in einem mit weißem Schwan besetzten Mantel mit einer weißen Wolke um den Kopf, aus dem Garderobenzimmer. Sie sah sehr vergnügt aus und hatte auch ein Recht dazu.

Das Paar trat in die Dunkelheit hinaus, und kurz darauf ritt Bremmil dicht neben ihrem Wagen dahin.

Nun sagte Mistreß Hauksbee zu mir – sie sah im Lampenlicht ein bischen welk und abgespannt aus:

„Ich gebe Ihnen mein Wort, die dümmste Frau kann einen klugen Mann leiten; doch um einen Narren zu leiten, muß eine Frau schon sehr klug sein.“

Dann gingen wir zum Souper.

Aurelian Mc. Goggins Bekehrung.

Das ist eigentlich keine Geschichte. Es ist eine Abhandlung, und ich bin stolz darauf, denn eine Abhandlung ist eine That.

Jedermann ist zu seiner eigenen religiösen Meinung berechtigt, doch niemand – wenigstens kein junger Mann – hat das Recht, dieselben andern aufzudrängen. Die Regierung schickt dann und wann eigentümliche Zivilisten aus, doch Mc. Goggin war der wunderlichste, den sie seit langer Zeit exportiert hatte. Er war klug – äußerst klug – doch seine Klugheit schlug stets falsche Wege ein. Anstatt sich an das Studium von Land und Leuten zu halten, hatte er einige Bücher gelesen, die ein gewisser Comte, glaube ich, ein gewisser Spencer und ein gewisser Professor Clifford geschrieben hatte. (Man findet diese Bücher in der Universitätsbibliothek.) Sie behandeln das Innere der Völker von dem Gesichtspunkte von Leuten aus, die keine Magen haben. Es giebt keinen Grund, diese Bücher nicht zu lesen, doch seine Mama hätte ihm einen andern Geschmack beibringen sollen. Sie gährten in seinem Kopfe, und er kam nach Indien mit einer wunderlichen Religion, die ganz und gar sein Werk war. Viel Glauben war nicht dabei. Sie bewies nur, daß die Menschen keine Seele hatten, daß es keinen Gott und kein Leben nach dem Tode gäbe, und daß man zum Besten der Menschheit irgend etwas zerstören müßte.

Einer seiner geringeren Lehrsätze schien darin zu bestehen, daß es noch eine größere Sünde wäre, einem Befehl zu gehorchen, als einen solchen zu erteilen; wenigstens sagte das Mc. Goggin; ich vermute indessen, daß er seine Vorbilder falsch verstanden hat. Gegen seine Ansicht sage ich kein Wort. Sie entstand in einer Stadt, wo es nichts weiter giebt, als Maschinen, Asphalt und Häuser, die ganz und gar in Nebel eingehüllt sind. Natürlich denkt da ein Mensch schließlich, es gäbe nichts höheres, als er selbst, und die städtische Baugesellschaft hätte alles geschaffen. Doch in diesem Lande, wo man die Menschheit wirklich sieht – die rauhe, braune, nackte Menschheit, die zwischen sich und dem flammenden Himmel nichts, und unter ihren Füßen nur die abgearbeitete, ausgetretene Erde hat, da verschwindet diese Auffassung einigermaßen, und die meisten Leute kehren zu einfacheren Theorien zurück. Das Leben ist in Indien nicht lang genug, um es damit zu vergeuden, daß man beweist, es stehe nichts besonderes an der Spitze der Dinge. Und zwar aus folgendem Grunde: Der Deputierte steht über dem Assistenten, der Kommissionär über dem Deputierten, der Leutnant-Gouverneur über dem Kommissionär, und der Vicekönig über allen vieren, der wieder unter den Befehlen des Staatssekretärs steht, der der Königin verantwortlich ist. Wäre die Königin nun nicht ihrem Schöpfer verantwortlich – wenn es einen Schöpfer giebt, dem sie verantwortlich zu sein hat –, so müßte unser ganzes Verwaltungssystem falsch sein, was augenscheinlich unmöglich ist. In der Heimat sind die Leute ja zu entschuldigen. Sie werden zum großen Teile eingepfercht und dadurch geistig „bockig". Wenn man ein starkes, „bockiges" Pferd zur Uebung nimmt, so geifert und schäumt es in das Gebiß, bis man die Spitzen desselben nicht mehr erkennt. Das Gebiß aber bleibt trotzdem dasselbe. In Indien können die Menschen nicht „bockig" werden, denn das Klima und die Arbeit sind gegen jedes Spiel mit Worten.

Hätte Mc. Goggin seine Anschauungen mit den großen Anfangsbuchstaben und den Endungen auf „ismus" für sich behalten, so hätte niemand danach gefragt; doch seine beiderseitigen Großväter waren Prediger in Wesleyan gewesen, und das Predigertemperament kam bei ihm zum Durchbruch. Er wünschte, alle im Club möchten zu der Erkenntnis gelangen, daß sie auch keine Seelen hatten und ihm behilflich sein, den Schöpfer auszutreiben. Sehr viele Leute sagten ihm, er hätte zweifellos keine Seele, weil er so jung war; doch daraus folgte noch nicht, daß die älteren ebenso unentwickelt waren, und ob es nun eine andere Welt gab oder nicht, so wollte man doch in dieser wenigstens seine Zeitung lesen. „Aber darum handelt es sich ja nicht, darum handelt es sich ja nicht," pflegte Aurelian zu sagen. Dann warfen die Leute die Sofakissen nach ihm und sagten, er solle nach einem besonderen Orte gehen, wo man ihm Glauben schenkte. Sie tauften ihn „Blastoderm" – er sagte nämlich, er stamme von einer Familie dieses Namens ab, die im prähistorischen Zeitalter gelebt hätte – und bemühten sich um die Wette, ihm durch Schimpfreden und Gelächter den Mund zu stopfen, denn er war im Club ein Störenfried, der nicht zu beruhigen war, ganz abgesehen davon, daß er bei den älteren Leuten Aergernis erregte. Sein Deputy-Kommissionär, der bereits an der Grenze arbeitete, als sich Aurelian noch auf der Bettdecke herumwälzte, sagte, für einen vernünftigen Menschen wäre er doch ein großer Idiot. Hätte er nur tüchtig gearbeitet, so würde er es in wenigen Jahren zum Sekretariat gebracht haben. Er gehörte gerade zu der Art von Leuten, die hierher passen – alles Kopf, keine Körperkraft und hunderterlei Theorien. Keine Seele interessierte sich für Mc. Goggins Seele. Er hätte zwei oder gar keine, oder soviel er wollte, haben können. Seine Aufgabe war es, den Befehlen zu gehorchen und seine Leute im Zug zu halten, anstatt den Club mit seinen „ismussen“ zu verwüsten.

Er arbeitete glänzend, doch er konnte keinen Befehl entgegennehmen, ohne den Versuch zu machen, daran zu verbessern. Daran war seine Anschauung Schuld. Sie machte die Menschen zu verantwortlich und überließ ihrer Ehre zuviel. Man kann wohl manchmal ein altes Pferd mit einem Halfter reiten, niemals aber ein Füllen. Mc. Goggin hatte von seinen Angelegenheiten mehr Unannehmlichkeiten, als sonst ein Mann in seinen Jahren. Er mochte sich eingebildet haben, 30 Seiten lange Urteile in 50-Rupienfällen, in welchem beide Parteien Meineide schworen, förderten die Sache der Menschheit. Jedenfalls aber arbeitete er zuviel und grämte und härmte sich über die Verweise, die er erhielt; auch hielt er außerhalb der Dienststunden Vorträge über seine lächerlichen Anschauungen, bis der Doktor ihn warnen mußte, er strenge sich zu sehr an. Doch Mc. Goggin war noch immer störrisch und stolz auf seine Kraft und wollte keine Ratschläge annehmen.

„Gut,“ sagte der Doktor, „Sie werden zusammenbrechen, weil Sie eben überspannt sind.“

Mc. Goggin war nämlich nur ein kleiner Mensch.

Eines Tages kam der Krach, und zwar so dramatisch, als wäre er zur Verschönerung einer Geschichte ausgedacht.

Es war gerade vor der Regenzeit. Wir saßen in der toten, heißen, drückenden Luft auf der Veranda, stöhnten und flehten, die schwarzblauen Wolken möchten herunterkommen und uns Kühlung bringen. In weiter, weiter Ferne ließ sich ein schwacher Laut vernehmen, das Geräusch des Regens, der über den Fluß herüberkam. Einer der Männer hörte es, stand von seinem Stuhle auf, lauschte und sagte, was ganz natürlich war: „Gott sei Dank!“

Da drehte sich der Blastoderm um und sagte:

„Warum denn? Ich versichere Sie, das ist nur das Resultat ganz natürlicher Ursachen – atmosphärische Phänomene einfachster Art. Warum sollen wir dafür einem Wesen danken, das nie existiert hat und nur auf Erdichtung beruht?“

„Blastoderm,“ brummte der Mann neben ihm, „steh' doch einmal auf und wirf mir den ›Pionier‹ her. Deine Erdichtungen kennen wir schon.“

Blastoderm faßte nach dem Tische hinüber, nahm eine Zeitung und hopste dabei, als hätte ihn jemand gestoßen. Dann reichte er dem andern die Zeitung.

„Wie ich sage,“ fuhr er langsam und mit einer gewissen Anstrengung fort, „das alles stammt von ganz natürlichen Ursachen – durchaus natürlichen Ursachen. Ich glaube –“

„Aber, Blastoderm, Sie haben mir ja den Calcutta-Mercantile-Advertiser gegeben.“

Der Staub wirbelte in leichten Flocken auf, während die Wipfel der Bäume rauschten, doch keiner achtete auf den näherkommenden Regen. Wir alle beobachteten den „Blastoderm“, der von seinem Stuhle aufgestanden war und gleichsam mit seiner Zunge kämpfte. Dann sagte er noch langsamer:

„Vollkommen begreiflich – Wörterbuch – verantwortlich – rote Eiche – Ursache – zurückbehalten – Federball – allein.“

„Blastoderm ist betrunken,“ sagte einer; aber Blastoderm war nicht betrunken. Er sah uns wie geblendet an und begann dann in dem

Halbdunkel, das die Wolken über unsern Häuptern gebildet hatten, mit den Händen herumzufuchteln. Dann rief er mit einem Aufschrei:

„Was ist das? – kann nicht – Vorbehalt – erreichbar – Markt – dunkel."

Seine Worte schienen gleichsam in ihm einzufrieren, und gerade, als der Blitz zweimal aufzuckte, den ganzen Himmel in drei Teile zerriß und der Regen in langen Streifen herniederschoß – war der „Blastoderm" stumm geworden. Er stand fauchend und stampfend, wie ein störriges Pferd, im Zimmer, und heftige Angst sprach aus seinen Blicken.

Drei Minuten später erschien der Doktor und hörte die Geschichte an.

„Es ist Aphasie," sagte er; „bringen Sie ihn in sein Zimmer. Ich wußte, daß die Katastrophe eintreten würde."

Wir trugen den „Blastoderm" durch den strömenden Regen in seine Wohnung, und der Doktor gab ihm Bromkali, daß er schlafen konnte.

Dann kam der Doktor zurück und sagte uns, er hätte bisher nur ein einziges Mal – bei einem Sepoy – einen so vollkommenen Fall von Aphasie erlebt. Ich selbst habe einen milden Anfall von Aphasie bei einem sehr angestrengten Manne beobachtet, doch diese plötzliche Stummheit war unfaßbar, obwohl sie, wie der Blastoderm selbst sagte, ihre vollkommen natürlichen Ursachen hatte.

„Er wird uns verlassen müssen," erklärte der Arzt, „denn für die nächsten drei Monate ist er zu keiner Thätigkeit fähig. Nein, Geistesstörung oder dergleichen ist es nicht; es ist nur ein einfacher Verlust der Sprache und des Gedächtnisses. Ich glaubte aber, der Blastoderm wird sich jetzt ruhig verhalten."

Zwei Tage später fand Mc. Goggin seine Sprache wieder, und seine erste Frage lautete:

„Was war denn mit mir?"

Der Doktor klärte ihn auf.

„Aber das verstehe ich nicht,“ versetzte der Blastoderm. „Ich bin doch ganz gesund, aber über meinen Geist bin ich – glaube ich – nicht mehr Meister, und ebenso wenig über mein Gedächtnis – nicht wahr?“

„Gehen Sie auf drei Monate nach dem Hügelland und denken Sie nicht mehr daran,“ riet ihm der Arzt.

„Aber ich verstehe es nicht,“ wiederholte der Blastoderm, „es ist doch *mein* Verstand und *mein* Gedächtnis.“

„Es giebt viele Dinge, die Sie nicht verstehen,“ entgegnete der Arzt, „da kann ich Ihnen nicht helfen, und wenn Sie so lange dienten, wie ich, so würden Sie genau wissen, wieviel ein Mensch eigentlich sein eigen nennen kann.“

Dieser Schlag schüchterte den Blastoderm ein, er konnte es nicht verstehen. Furchtsam und zitternd ging er nach dem „Hügelland“ und fragte sich, ob es ihm wohl vergönnt sein würde, einen Satz, den er eben angefangen, zu Ende zu sprechen. Das versetzte ihn in eine gewisse Unsicherheit und Mißtrauen; auch die durchaus richtige Erklärung, er hätte sich zu sehr angestrengt, befriedigte ihn nicht. Ein gewisses Etwas hatte die Sprache von seinen Lippen fortgewischt, wie eine Mutter die Milch von den Lippen ihres Kindes abwischt; und er hatte Angst, schreckliche Angst.

So hatte der Club denn auch Ruhe, als er zurückkehrte, und wenn jemand mit Aurelian Mc. Goggin zusammenkommt, wenn er die Gesetze der menschlichen Angelegenheiten behandelt – mit göttlichen scheint er sich nicht soviel wie früher zu beschäftigen –, dann braucht man nur den Zeigefinger auf die Lippen zu legen und zu sehen, was sich weiter ereignet. Doch man gebe nicht mir die Schuld, wenn er einem ein Glas an den Kopf wirft!

Die beiden Uhren.

Die Sache begann wie ein lustiger Spaß, doch sie ist weit genug gegangen und wird jetzt ernsthaft.

Der Subalternoffizier Platte besaß, da er arm war, nur eine Waterbury-Uhr, die an einem dünnen Lederriemen befestigt war.

Der Oberst besaß auch eine Waterbury-Uhr und als Schnur eine Kinnkette. Solche Lederstreifen sind die besten Uhrketten, denn sie sind stark und kurz. Zwischen einem Kinnkettenriemen und einem gewöhnlichen Lederriemen besteht kein großer Unterschied; zwischen einer Waterbury-Uhr und einer andern gar keiner. Jedermann in der Station kannte den Lederstreifen des Obersten. Er war kein besonderer Reitersmann, redete den Leuten aber gern ein, er wäre einmal einer gewesen, und gab phantastische Geschichten von dem Zaumzeug zum Besten, zu dem dieses Lederstreifchen gehört hatte. Außerdem war er ungeheuer fromm.

Platte und der Oberst zogen sich im Club an, beide sehr spät für ihre Absichten, und beide sehr eilig. Das war "Kismet". Die beiden Uhren lagen auf einem Sims unter dem Spiegel, und zwar mit herunterhängenden Ketten. Das war eine Unvorsichtigkeit. Platte, der sich zuerst umgezogen hatte, ergriff eine Uhr, sah sich in den Spiegel, legte seine Kravatte um und rannte fort. Vierzig Sekunden später that der Oberst genau dasselbe; jeder nahm des andern Uhr. Der Leser hat wohl schon beachtet, daß viele religiösen Leute sehr abergläubisch sind. Sie scheinen – natürlich zu rein religiösen Zwecken – von der Sünde mehr zu wissen, als die Nichtfrommen. Vielleicht waren sie auch ganz besonders schlimm, bevor sie sich bekehrten! Jedenfalls darf man annehmen, daß ein gewisser Typus frommer Leute in der Zumutung böser Dinge und in der Auslegung unschuldiger Thatsachen alle andern übertrifft. Zu diesen Leuten gehörte der Oberst und seine Frau. Doch die Frau war noch schlimmer als er. Sie entwickelte den Skandal auf der Station; mehr braucht man nicht zu sagen. Die Frau des Obersten vernichtete das häusliche Glück der Laplace. Die Frau des Obersten machte die Verlobung der Ferris-Haughtrey zu nichte. Die Frau des Obersten veranlaßte den jungen Buxton, seine Gattin im ersten Jahr ihrer Ehe in der Ebene zu lassen, worauf die kleine Mistreß Buxton starb, und das Kind mit ihr. So etwas wird der Frau Oberst zum Vorwurf gemacht werden, so lange ein Regiment im Lande steht.

Doch kommen wir zu dem Obersten und Platte zurück. Ein jeder ging aus dem Toilettenzimmer seines eigenen Weges. Der Oberst speiste mit zwei Kaplanen, während Platte zu einem Junggesellendiner ging, auf welches ein Whist folgen sollte.

Man merke wohl, wie manche Dinge sich ereignen. Hätte Plattes Reitknecht der Stute den neuen Sattelpolster aufgelegt, so hätte der Druck der metallenen Teile nicht durch das abgearbeitete Leder und das alte Polster auf die Weichen der Stute gewirkt, als sie um zwei Uhr morgens nach Hause galoppierte. Sie hätte nicht gebockt, sich nicht gebäumt, wäre nicht in einen Graben gefallen, hätte den Wagen nicht umgeworfen, und Platte wäre nicht über eine Aloehecke auf den wohlgepflegten Rasenplatz der Mistreß Larkyn gefallen; auch diese Geschichte wäre dann ungeschrieben geblieben. Doch die Stute that dies alles, und während Platte wie ein angeschossenes Kaninchen über den Rasenplatz rollte, flog die Uhr und der Riemen aus seiner Weste – wie der Säbel eines Infanteriemajors aus der Scheide fliegt, wenn zum „Salut" geschossen wird –, und rollte im Mondschein dahin, bis sie vor einem Fenster liegen blieb.

Platte stopfte sein Taschentuch unter das Polster, stellte den Wagen auf und fuhr nach Hause:

Nun merke man wieder, wie „Kismet" wirkt. So etwas ereignet sich in 100 Jahren ein einziges Mal! Gegen Ende des Diners mit den beiden Kaplanen knöpfte der Oberst seine Weste auf und lehnte sich über den Tisch, um einige Missionsberichte nachzusehen. Der Haken des Uhrriemens glitt aus dem Knopfloch, und die Uhr – Plattes Uhr – fiel leise auf den Teppich. Dort fand sie am nächsten Morgen der Diener und behielt sie.

Dann kehrte der Oberst zu dem „Weibe seines Herzens" heim, doch der Kutscher war betrunken und verlor den Weg. So kam der Oberst zu einer ungewöhnlichen Stunde nach Hause, und seine Entschuldigungen wurden nicht angenommen. Wäre die Frau Oberst ein gewöhnliches „der Zerstörung geweihtes Rachegefäß“ gewesen, so hätte sie gewußt, daß, wenn ein Mann absichtlich fortbleibt, seine Entschuldigung stets richtig und originell ist. Die öde Erklärung des Obersten bewies die Wahrheit dieser Behauptung.

Nun sehe man wieder einmal, wie „Kismet“ wirkt! Des Obersten Uhr, die mit Platte auf Mistreß Larkyns Rasenplatz gefallen war, blieb gerade unter Mistreß Larkyns Fenster liegen, wo sie sie frühmorgens erblickte, erkannte und aufhob. Sie hatte um zwei Uhr morgens den Krach von Plattes Wagen und seine Stimme gehört, die auf das Pferd schimpfte. Sie kannte Platte und konnte ihn gut leiden. An diesem Tage zeigte sie ihm die Uhr und hörte seine Geschichte an. Er wiegte den Kopf nach einer Seite und sagte augenblinzelnd:

„Wie unangenehm! Ein gräßlicher alter Mann! Und dabei noch sein religiöses Gehabe! Ich sollte die Uhr an die Frau Oberst schicken und Erklärungen verlangen.“

Mistreß Larkyn dachte eine Minute an die Laplaces – die sie gekannt hatte, als Laplace und seine Frau noch im Einverständnis lebten – und erwiderte:

„Ich werde sie abschicken; ich glaube, das wird ihr gut bekommen. Doch vergessen Sie nicht, wir dürfen ihr nie die Wahrheit sagen.“

Platte glaubte, seine eigene Uhr wäre in des Obersten Besitz und dachte, daß die Rückgabe der Waterbury-Uhr mit dem Lederriemchen mit einem freundlichen Billet von Mistreß Larkyn nur für wenige Minuten eine kleine Unannehmlichkeit zur Folge haben würde. Doch Mistreß Larkyn wußte es besser. Sie wußte, daß jeder Tropfen Gift, den man in das Herz der Frau Oberst träufelte, auf guten Grund und Boden fiel.

Das kleine Paket sowie das Billet, das einige Bemerkungen über des Obersten Besuchszeit enthielt, wurden an die Frau Oberst geschickt, die in ihrem Zimmer weinte und mit sich selbst zu Rate ging.

Wenn es eine Frau auf Erden gab, die die Frau Oberst mit Inbrunst haßte, so war es Mistreß Larkyn. Mistreß Larkyn war eine „frivole“ Dame, die die Frau Oberst eine „alte Katze“ nannte. Die Frau Oberst wieder meinte, Mistreß Larkyn hätte mit jemand aus der Bibel Ähnlichkeit. Sie erwähnte auch noch andere Leute aus der heiligen Schrift, und zwar aus dem alten Testament. (Die Frau Oberst war nämlich die einzige Person, die es wagte, etwas gegen Mistreß Larkyn zu sagen. Jeder andere hielt sie für ein amüsantes, rechtschaffenes kleines Frauchen.) Und nun mußte sie glauben, daß ihr Mann unter dem Fenster „dieser Person“ zu einer unglaublichen Tageszeit seine Uhr hatte fallen lassen, wozu sich noch die Thatsache seiner späten Rückkehr in der vorigen Nacht gesellte; das war ja ...

Bei dieser Stelle stand sie auf und suchte ihren Mann, der bis auf den Besitz der Uhr alles leugnete. Sie beschwor ihn, er solle um seines Seelenheiles willen die Wahrheit sprechen. Er leugnete wieder und gebrauchte dabei zwei häßliche Schimpfworte. Die Frau Oberst bewahrte ein eisiges Schweigen und zwar so lange, daß ein Mann fünfmal Atem holen konnte.

Die Rede, welche folgte, geht weder mich, noch den Leser etwas an. Sie bestand aus weibischer und weiblicher Eifersucht, Erkenntnis des Alters und der eingefallenen Wangen, tiefem Mißtrauen, das aus dem Spruch entstanden war, daß „sogar die Herzen der kleinen Kinder so schlecht sind, wie sie sich selbst machen,“ ingrimmigem Haß auf Mistreß Larkyn und den Glaubensgrundsätzen der Frau Oberst.

Immer und immer aber erschien die verdammte „Waterbury“ mit dem Lederstreifchen, die in ihrer zitternden Hand tickte. In dieser Stunde, glaube ich, kam der Frau Oberst ein Stückchen des Verdachtes in den Sinn, den sie in des alten Laplaces Gemüt geträufelt, sie dachte an das Elend der armen Miß Hautrey und an den Schmerz, der Buxtons Herz zerriß, als er sein sterbendes Weib vor sich sah.

Der Oberst stotterte und versuchte, eine Erklärung zu geben. Dann erinnerte er sich, daß seine Uhr verschwunden war, und das Geheimnis wurde immer größer. Die Frau Oberst schwatzte und betete abwechselnd, bis sie endlich müde wurde und fortging, um nach Mitteln zu suchen, das „verstockte Herz ihres Gatten zu züchtigen," was in unsere gewöhnliche Sprache übertragen soviel heißt, als: „Die Peitsche zu flechten."

Man sieht, da sie sich zu sehr mit der Lehre der Erbsünde beschäftigt hatte, so *konnte* sie nach dem Schein nicht *anders* urteilen. Sie wußte zuviel und zog daraus die wildesten Schlüsse.

Doch das war gut für sie; es richtete ihr Leben zu Grunde, wie sie das Leben der Laplaces zu Grunde gerichtet hatte. Sie hatte ihr Vertrauen zu dem Obersten verloren und – hier trat ihr Frömmlermißtrauen in Thätigkeit – vermutete, er habe schon so manches Mal gefehlt, bevor eine „gütige Vorsehung" durch ein so unwürdiges Instrument wie Mistreß Larkyn seine Schuld enthüllt hatte. Er war ein „schlimmer, ruchloser, grauhaariger Wüstling". Für eine lange Zeit verheiratete Frau mag dieser Umschwung etwas plötzlich erscheinen; doch es ist eine feststehende Thatsache: wenn ein Mann oder eine Frau Vergnügen daran findet, von Leuten, die ihm oder ihr gleichgiltig sind, böses zu glauben oder über sie zu verbreiten, sie schließlich auch von Leuten schlimmes glauben würden, die ihm oder ihr nahe stehen und teuer sind. Man mag vielleicht auch denken, daß der winzige Vorfall mit der Uhr doch zu klein und trivial war, um ein derartiges Mißverständnis entstehen zu lassen. Es ist eine andere uralte Thatsache, daß im Leben sowohl wie beim Pferderennen die schlimmsten Unfälle bei kleinen Gräben und niedrigen Hürden passieren. In derselben Weise kann man manchmal sehen, wie eine Frau, die zu einer andern Zeit und unter einem andern Klima eine Jeanne d'Arc geworden wäre, sich mit den alltäglichen Arbeiten des Hausstandes quält und plackt. Doch das ist eine andere Geschichte.

Ihr Glaube machte die Frau Oberst nur noch verzweifelter, weil er gar so stark an der Schurkerei der Männer festhielt. Mit Rücksicht auf das, was sie selbst gethan hatte, war es amüsant, ihr Unglück zu beobachten, sowie die unnützen Bemühungen, es vor der Station geheim zu halten. Doch die Station wußte es und lachte herzlich darüber; denn sie hatte die

Geschichte der Uhr mit höchst dramatischen Gesten von Mistreß Larkyns eigenen Lippen gehört.

Ein- oder zweimal sagte Platte zu Mistreß Larkyn, als er sah, daß der Oberst die Sache nicht aufgeklärt hatte:

„Die Sache ist weit genug gegangen; ich bin dafür, wir sagen der Frau Oberst, wie alles zugegangen ist."

Doch Mistreß Larkyn biß sich auf die Lippen, schüttelte den Kopf und erklärte, die Frau Oberst müsse ihre Strafe tragen, so gut sie es eben vermochte. Dabei war Mistreß Larkyn eine übermütige Frau, bei der niemand einen so tiefen Haß vermutet hätte. So that Platte denn nichts, und nach und nach schloß er aus des Obersten Stillschweigen, derselbe müßte doch wohl in jener Nacht vom rechten Wege abgewichen sein und ziehe es deshalb vor, die Strafe wegen des geringen Vergehens, zu ungehöriger Zeit andere Leute mit seinem Besuch überfallen zu haben, auf sich zu nehmen.

Nach einer Weile vergaß Platte die Uhrgeschichte vollständig und zog mit seinem Regiment in eine andere Garnison. Miß Larkyn aber kehrte nach England zurück, als ihres Mannes Dienstzeit in Indien beendet war. Sie aber vergaß nie.

Platte aber hatte ganz recht, als er sagte, der Spaß wäre zu weit gegangen. Das Mißtrauen und der tragische Konflikt – das wir Fernstehende nicht entdecken können, und an das wir nicht glauben – töten die Frau Oberst und bringen den Oberst zur Verzweiflung. Wenn einer der beiden diese Geschichte liest, so können sie dieselbe als einen wahrheitsgetreuen Bericht des Falles betrachten, sich einen „Kuß geben, und sich wieder versöhnen."

Die Flucht der weißen Husaren.

Einige Leute behaupten, ein englisches Kavallerie-Regiment könne überhaupt nicht entfliehen. Das ist ein Irrtum. Ich habe 437 Säbel in ungeheurer Angst durch die Felder fliehen sehen, – habe das beste Regiment der Armee zwei Stunden mit verhängten Zügeln dahinsprengen sehen. Wenn man diese Geschichte den meisten Husaren wiederholt, so werden sie wahrscheinlich ziemlich grob werden. Sie sind nämlich auf den Vorfall nicht stolz.

Man kennt die weißen Husaren an ihrem „Renommée", das bedeutender ist, als das aller andern Regimenter der Armeeliste. Wem das als Kennzeichen nicht genügt, der mag sie sich an dem alten Brandy merken. Derselbe befindet sich seit 60 Jahren im Kasino und verdient es, daß man ihn eingehend probiert. Man frage nach dem alten Brandy „Mr. Goire" und sehe zu, daß man ihn auch bekommt. Wenn der Kasino-Sergeant jemanden für unerzogen hält und der Ueberzeugung ist, daß der echte Stoff bei einem fortgeworfen ist, so wird er uns dementsprechend behandeln. Er ist ein guter Mensch. Doch wenn man sich im Kasino befindet, soll man zu seinen Wirten niemals von starken Märschen oder langen Ritten sprechen. Das Kasino ist dann sehr empfindlich, und wenn sie glaubten, man lache über sie, so würden sie einem den Standpunkt klar machen.

Wie die „Weißen Husaren" behaupten, war nur der Oberst daran schuld. Er war ein Neuling und hätte nie das Kommando übernehmen sollen. Er meinte, das Regiment wäre nicht schneidig genug. Das sagte er den weißen Husaren, die da wußten, daß kein Pferd sie abwerfen, keine Flinte sie durchbohren, und daß man ihnen keinen Fußbreit Erde abtrotzen konnte.

Die Beleidigung war die erste Ursache des Aergernisses.

Dann strich der Oberst das Paukenpferd – das Paukenpferd der weißen Husaren! Vielleicht begreift der Leser gar nicht, welches ungeheure Verbrechen er damit begangen hatte. Ich will versuchen, die Sache zu erklären. Die Seele des Regiments lebt in dem Paukenpferd, das die silbernen Kesselpauken trägt. Es ist fast immer ein starkes Roß aus Wales. Das ist Ehrensache, und ein Regiment giebt für ein solches Pferd alles mögliche aus. Es ist über die gewöhnlichen Gesetze der Streichung und

Abschaffung erhaben. Seine Arbeit ist sehr leicht, und es geht nur im Schritt. Darum ist sein Wohlbefinden auch gesichert, so lange es ausschreiten kann und hübsch aussieht. Es weiß vom Regiment mehr als der Adjutant und könnte, wenn es das selbst versuchte, keinen Irrtum begehen.

Das Paukenpferd der Weißen Husaren war erst 18 Jahre alt und seinen Verpflichtungen vollständig gewachsen. Es hatte mindestens noch für sechs Jahre Arbeitskraft im Leibe und stolzierte mit all' dem Gepränge und Pomp eines Garde-Tambourmajors. Das Regiment hatte für das Tier 1200 Rupien bezahlt.

Doch der Oberst sagte, es müsse fort, und es wurde regelrecht abgeschafft und von einem schwachen, rotbraunen Tiere mit einem Rattenschwanz, Kuhbeinen und einem Schafhals ersetzt, das so häßlich wie ein Maulesel war. Der Paukenschläger haßte das Tier, während die besseren Musikerpferde die Ohren zurückzogen und bei seinem bloßen Anblick das Weiße ihrer Augen zeigten. Sie wußten, es war ein Emporkömmling, aber kein Gentleman. Ich glaube, die Ansicht des Obersten hinsichtlich der Schneidigkeit erstreckte sich auf die Musikkapelle, und er wollte auch sie an der regelrechten Paradeübung teilnehmen lassen. Eine Musikkapelle der Kavallerie ist eine geheiligte Sache. Sie rückt nur aus, wenn der Oberstkommandierende Parade abhält, und der Kapellmeister ist noch um einen Grad bedeutender, als der Oberst. Er ist ein Hoherpriester und der „Keel Row“ ist sein Opfergesang. Der „Keel Row“ ist der Kavalleriemarsch, und wer dieses hohe, schrille, gellende Tonstück, in dem sämtliche Instrumente vertreten sind, nicht gehört hat, der kann immer noch etwas hören und noch etwas lernen.

Als der Oberst das Paukenpferd der Weißen Husaren abschaffte, kam es fast zu einem Aufruhr.

Die Offiziere waren ärgerlich, das Regiment war wütend, die Musiker fluchten – wie Soldaten. Das Paukenpferd sollte versteigert werden – öffentlich versteigert, um vielleicht von einem Parsen gekauft und vor einen Wagen gespannt zu werden! Das war schlimmer, als wenn man das innere Leben des Regiments dem Gerede der ganzen Welt preisgab, oder das Silbergeschirr des Kasinos einem Juden – einem schwarzen Juden verkaufte.

Der Oberst war ein gewöhnlicher Mensch und ein Eisenfresser. Er wußte, was das Regiment von seiner Handlungsweise hielt; und als die Soldaten sich erboten, das Paukenpferd zu kaufen, erklärte er, ihr Anerbieten wäre aufrührerisch und der Instruktion zuwiderlaufend.

Doch einer der Subalternoffiziere, ein Irländer, namens Hoyan-Jole, kaufte das Paukenpferd für 160 Rupien auf der Auktion, und der Oberst war wütend. Jole zeigte Reue – er war unnatürlich demütig – und sagte, er habe das Pferd nur gekauft, um es vor einem etwaigen Hungertode und schlechter Behandlung zu schützen; doch jetzt wolle er es erschießen und der Sache ein Ende machen. Das schien den Obersten zu beruhigen, denn er sagte, man möchte über das Paukenpferd verfügen. Er fühlte, daß er einen Mißgriff begangen, konnte denselben aber natürlich nicht zugeben. Mittlerweile aber war ihm die Anwesenheit des Paukenpferdes lästig. Jole nahm ein Glas des alten Brandy zu sich, steckte sich drei Zigarren ein und verließ mit seinem Freunde Martyn das Kasino. In Joles Wohnung konferierten Jole und Martyn zwei Stunden lang, doch nur der Bull-Terrier, der Joles Schaftstiefel bewachte, weiß, was sie miteinander sprachen. Ein bis an die Ohren verhülltes und eingewickeltes Pferd verließ Joles Ställe und wurde augenscheinlich sehr gegen seinen Willen in den Regimentsmarstall geführt. Joles Stallknecht ging mit. Zwei Mann begaben sich in das Regimentstheater und brachten mehrere Farbentöpfe und mehrere große Dekorationspinsel heraus. Dann brach die Nacht über das Lager herein, und man hörte ein Geräusch in Joles Stall, als wenn ein Pferd seinen Futterkasten in Stücke schlägt. Jole hatte einen kräftigen, alten, weißen Schimmel aus Wales.

Der nächste Tag war ein Dienstag, und die Mannschaften, die gehört hatten, Jole wollte das Paukenpferd am Abend erschießen, beschlossen, dem Tier ein regelrechtes Regimentsbegräbnis zu teil werden zu lassen – ein feineres, als sie dem Oberst hätten zu teil werden lassen, wenn dieser gestorben wäre. Sie beschafften einen Ochsenwagen, einige Säcke und Bündel von Rosen; unter die Säcke wurde der Kadaver gelegt und nach dem Platze überführt, wo die Kohlen aufgespeichert waren; zwei Drittel des Regiments folgten. Es war keine Musikkapelle dabei; doch alle sangen: „Der Platz, wo das alte Pferd gestorben“ als etwas Pietätvolles und der Situation Angemessenes. Als der Kadaver in das Grab gesenkt war, und die Leute Arme voll Rosen hineinwarfen, um es zu bedecken, brach der Tierarzt in einen Fluch aus und sagte ganz laut:

„Ei, das ist ebenso wenig das Paukenpferd, als ich es bin.“

Die Feldwebel fragten ihn, ob er seinen Kopf in der Kantine gelassen hätte. Der Roßarzt erwiderte, er kenne des Paukenpferdes Füße so genau, wie er seine eigenen kenne; doch er schwieg still, als er auf dem armseligen, steifen Vorderbeine die eingebrannte Regiments-Nummer erblickte.

So wurde das Paukenpferd der weißen Husaren begraben. Die Säcke, die den Kadaver bedeckten, waren stellenweise mit schwarzer Farbe beschmiert, was dem Roßarzt auffiel, und worauf er auch aufmerksam machte. Doch der Feldwebel des Trupps E gab ihm einen tüchtigen Stoß in die Kniekehle und sagte ihm, er wäre zweifellos betrunken.

An dem dem Begräbnis folgenden Montag suchte sich der Oberst an den weißen Husaren zu rächen. Da er unglücklicherweise zur Zeit gerade das Kommando über die Station führte, so setzte er eine Brigade-Felddienstübung an. Er sagte, er würde das Regiment wegen seiner verdammten Frechheit schwitzen lassen, und er führte diesen Entschluß auch vollständig durch. Dieser Montag war einer der schlimmsten Tage, für die weißen Husaren. Sie wurden gegen einen cachierten Feind gehetzt, vorwärts getrieben, zurückgeworfen, hinausgepeitscht und in jeder möglichen Weise wissenschaftlich über das neblige Feld gejagt, bis sie tüchtig schwitzten. Ihr einziges Vergnügen kam erst gegen Abend, als sie die reitende Artillerie anfielen und zwei Meilen weit fortjagten. Ein Parademarsch beschloß die Uebung, und als das Regiment zu seinen

Linien zurückkehrte, waren die Leute von den Sporen bis zu den Kinnriemen mit Schmutz bedeckt.

Die weißen Husaren haben ein großes und besonderes Privilegium, das sie sich, glaube ich, bei Foulenoy errangen.

Manche Regimenter besitzen besondere Rechte, wie das Tragen von Kragen unter der Dienstuniform, oder einen Streifen Band zwischen den Schultern, oder rote und weiße Rosen auf den Helmen an bestimmten Tagen des Jahres. Einige Rechte sind mit Regimentskommandeuren verknüpft, andere mit Regimentserfolgen. Alle werden hoch geschätzt; doch keines so hoch wie das Recht der weißen Husaren, daß die Musikkapelle spielt, wenn die Pferde in den Linien getränkt werden. Nur ein Tonstück wird gespielt, und dieses Tonstück verändert sich nie. Ich weiß seinen richtigen Namen nicht, aber die weißen Husaren nennen es: „Bringe mich wieder nach London zurück." Es klingt sehr hübsch. Das Regiment würde sich lieber aus der Linienliste streichen lassen, als dieses Privilegium missen.

Nachdem zur Rückkehr geblasen war, ritten die Offiziere heim, um die Ställe in Stand setzen zu lassen, während die Mannschaften sich „rührten". Das heißt, sie machten die Rockknöpfe auf, lockerten die Helme und begannen zu scherzen oder zu fluchen, wie sie gerade die Laune anwandelte; die Sorgsameren stiegen ab und lockerten die Gurte und die Kinnketten. Ein guter Soldat schätzt sein Pferd genau so hoch, als er sich selbst schätzt, und glaubt oder sollte doch glauben, daß diese beiden zusammen, was Frauen oder Männer, Mädchen oder Flinten betrifft, unwiderstehlich sind.

Dann gab der dienstthuende Offizier den Befehl: „Pferde tränken!", und das Regiment wandte sich zu den Schwadronströgen, welche in der Nähe der Ställe und zwischen diesen und den Baracken sich befanden. Es waren da vier ungeheuer große Tröge, einer für jede Schwadron, staffelartig arrangiert, so daß das ganze Regiment in 10 Minuten tränken konnte, wenn es wollte. Doch es brauchte gewöhnlich siebzehn, weil die Musik spielte.

Die Musik begann, während die Schwadronen zu den Trögen zogen, und die Mannschaften die Füße von den Steigbügeln befreiten. Die Sonne ging eben in einem dicken, heißen Ball von roten Wolken unter, und der Weg zu den Linien schien gleichsam in das Auge der Sonne zu führen. Da erschien auf der Landstraße ein kleiner Punkt. Er ward größer und größer, bis er sich als ein Pferd entpuppte, auf dessen Rücken eine Art Bratrost saß. Die roten Wolken glitzerten durch die Sparren dieses Rotes. Einzelne Soldaten beschatteten die Augen mit den Händen und sagten: „Was hat denn das Pferd da auf seinem Rücken sitzen?"

Eine Minute später hörten sie ein Wiehern, das jede Seele im Regiment – Pferde wie Mannschaften – kannte, und sahen das rote Paukenpferd der weißen Husaren gerade auf die Musik zulaufen!

An seinen Seiten klapperten und hingen die mit Trauerflor umwundenen Kesselpauken, während auf seinem Rücken steif und martialisch ein Skelett saß.

Die Musik hörte zu spielen auf, und einen Augenblick herrschte tiefe Stille. Dann riß einer aus dem Trupp E – einzelne Soldaten sagen, es wäre der Feldwebel gewesen – sein Pferd herum und schrie auf. Was darauf geschah, kann eigentlich niemand so recht sagen; doch in jedem Trupp scheint wenigstens einer das Beispiel der Panik gegeben zu haben, und die anderen folgten wie Schafe. Die Pferde, die kaum ihre Schnauzen in die Tröge gesteckt, wurden unruhig und bockten. Doch als die Musik abbrach, was geschah, als der Geist des Paukenpferdes ziemlich nahe herangekommen war, drehten sich alle Rosse um, und das Getöse der stampfenden Hufe, das von dem gewöhnlichen Schnauben und Wiehern einer Paradeübung oder dem lustigen Getrappel, wenn es zur Tränke ging, durchaus verschieden war, machte sie nur noch erschrockener. Sie fühlten, daß die Leute, die auf ihren Rücken saßen, sich vor etwas ängstigten.

Trupp auf Trupp verließ die Tröge und rannte, der eine hierhin, der andere dorthin fort, um wie verschüttetes Quecksilber zu zerfließen. Es war ein höchst merkwürdiges Schauspiel, denn Pferde und Menschen befanden sich bisher in vollkommener Ruhe, während das gelockerte Zaumzeug ihnen jetzt in die Seiten schlug und sie noch heftiger anspornte. Die Mannschaften schrieen und fluchten, und versuchten, die Musikkapelle aufzuhalten, die von dem Paukenpferd gejagt wurde, dessen Reiter vornüber gefallen war.

Der Oberst war nach dem Kasino gegangen, um einen Trunk zu sich zu nehmen. Die meisten Offiziere waren bei ihm, und der diensthabende Leutnant wollte sich gerade zu den Truppen begeben, um die Berichte der Feldwebel entgegenzunehmen. Als das „Bringt mich wieder nach London" nach zwanzig Takten abgebrochen wurde, sagte jeder in dem Kasino: „Was um Himmelswillen ist denn nur geschehen?" Eine Minute später hörten sie unmilitärischen Lärm und sahen die weißen Husaren in wüster Auflösung, zerstreut über die Ebene jagen.

Der Oberst war sprachlos vor Wut, denn er glaubte, das Regiment hätte sich gegen ihn empört oder wäre sinnlos betrunken. Die Musik stürzte wie ein aufgelöster Pöbelhaufen weiter, und hinter ihr drein sprengte das Paukenpferd – das tote und begrabene Paukenpferd mit dem klappernden, hin- und herbaumelnden Skelett. Hoyan Jole flüsterte Martyn zu: „Die wird kein Draht festhalten," und die Musik, die wie ein Hase gerannt war, kehrte wieder um. Doch das übrige Regiment war fort und jagte durch die Provinz, denn der Nebel sank hernieder, und jeder brüllte seinem Nachbar zu, das Paukenpferd wäre ihm auf den Fersen. Truppenpferde werden in der Regel nicht zu zart behandelt. Sie können im Notfall ein gut Stück aushalten, selbst mit 200 Pfund im Sattel. Das merkten die Soldaten jetzt. Wie lange diese Panik dauerte, kann ich nicht sagen. Ich glaube, als der Mond aufging sahen die Leute, daß sie nichts zu befürchten hatten, und kehrten zu zwei und drei und in halben Trupps beschämt in das Lager zurück. Inzwischen jagte das Paukenpferd, das sich über diese Behandlung von seiten seiner alten Freunde ärgerte, hin und her, bäumte sich und sprengte die Stufen der Veranda hinauf, um sich Futter zu suchen. Auch nicht einer rannte fort; aber auch nicht einer trat vor, bis der Oberst eine Bewegung that und zu den Füßen des Skeletts Halt machte. Die Musik hatte sich in einiger Entfernung davon aufgestellt und kam jetzt zurück, der Oberst nannte sie einzeln und zusammen mit allen möglichen Schimpfnamen, die ihm gerade in den Sinn kamen; denn er hatte seine Hand auf die Brust des Paukenpferdes gelegt und Fleisch und Bein vorgefunden. Dann schlug er mit den geballten Fäusten auf die Kesselpauken und entdeckte, daß sie nur aus Silberpapier und Bambusrohr bestanden. Darauf versuchte er unter weiterem Fluchen das Skelett aus dem Sattel zu ziehen, fand aber, daß es mit Draht angebunden war. Der Anblick des Obersten, der seine Arme um das Skelett schlang und seine Kniee dem alten Paukenpferd in den Magen drückte, war großartig, um nicht zu sagen belustigend. Er zerrte ein bis zwei Minuten an dem Ding, warf es dann an die Erde und sagte zu der Musik: „Da, ihr Köter, davor habt ihr euch gefürchtet!“ Das Skelett sah im Zwielicht nicht gerade hübsch aus. Der Tambourmajor schien es zu erkennen, denn er murmelte und fragte stotternd:

„Soll ich es fortbringen, Herr Oberst?“

„Ja,“ versetzte der Oberst, „bringen Sie es zur Hölle und reiten Sie selber hin!“

Der Tambourmajor salutierte, nahm das Skelett zu sich in den Sattel und ritt nach den Ställen. Nun begann der Oberst, sich nach dem Rest des Regiments zu erkundigen, und die Sprache, die er dabei gebrauchte, war wundervoll. Er wolle das Regiment auflösen, wolle jede lebende Seele in demselben vor ein Kriegsgericht stellen, er wolle ein solches Lumpenpack nicht kommandieren u. s. w., u. s. w. Als die Mannschaften wieder auftauchten, wurde seine Sprache noch wilder, und er überschritt sogar die äußersten Grenze freier Sprache, die selbst, einem Kavallerie-Oberst gezogen sind.

Martyn nahm Hoyan Jole beiseite und machte ihn darauf aufmerksam, daß er den Dienst verlassen müßte, wenn alles entdeckt würde. Martyn war der schwächere der beiden. Hoyan-Jole zog die Augenbrauen in die Höhe und bemerkte, erstens wäre er der Sohn eines Lords, und zweitens wäre er an der theatralischen Auferstehung des Paukenpferdes so unschuldig, wie ein neugeborenes Kind.

„Meine Instruktionen," sagte Jole mit eigentümlich häßlichem Lächeln, „lauteten, das Paukenpferd solle so schleunigst wie möglich zurückgeschickt werden. Ich frage Sie nun, bin ich dafür verantwortlich, wenn ein eigensinniger Freund es in einer Weise zurückschickt, die den Seelenfrieden eines Kavallerieregiments Ihrer Majestät stören muß?"

„Sie sind ein großer Mann," versetzte Martyn, „und werden noch einmal General werden. Doch ich würde meine Aussichten auf Beförderung darum geben, wenn ich heil und gesund aus dieser Geschichte heraus wäre."

Die Vorsehung rettete Martyn und Hoyan-Jole. Der Oberstleutnant führte den Oberst in den kleinen mit einem Vorhang bedeckten Raum, wo die Subalternoffiziere der weißen Husaren abends gewöhnlich Poker spielten, und hier sprachen sie, nachdem der Oberst noch viele Flüche ausgestoßen, leise miteinander. Ich glaube, der Oberstleutnant muß den Streich wohl als das Werk irgend eines gemeinen Soldaten hingestellt haben, den zu entdecken ganz unmöglich sein würde, und ich weiß, daß er auf die Beschämung und das Gelächter aufmerksam machte, die das Bekanntwerden des Streiches nach sich ziehen würde.

„Sie werden uns," sagte der Oberstleutnant, der wirklich eine sehr rege Phantasie besaß, „sie werden uns „Nachtschwärmer", sie werden uns „Geisterjäger", nennen, und uns von einem Ende der Armee bis zum andern mit Spitznamen belegen. Alle Erklärungen der ganzen Welt würden Fernstehenden nicht begreiflich machen, daß die Offiziere nicht dabei waren, als die Panik begann. Um der Ehre des Regimentes und Ihrer selbst willen lassen Sie die Sache vergessen sein."

Der Oberst war vor Aerger so erschöpft, daß es gar nicht so schwer war, ihn zu beruhigen, wie man gedacht hatte. Man machte ihm mit freundlichen Worten nach und nach begreiflich, daß es platterdings unmöglich war, das ganze Regiment vors Kriegsgericht zu stellen, und ebenso unmöglich, gegen einen Subalternoffizier einzuschreiten, der seiner Ansicht nach mit dem Streich in Verbindung gebracht werden könnte.

„Aber das Tier lebt doch! Es ist überhaupt gar nicht erschossen worden!“ brüllte der Oberst. „Es ist offenbarer Ungehorsam! Ich habe einen Mann gekannt, der sich um viel geringeres den Hals brach! Ich sage Ihnen, Mutman, sie machen sich über mich lustig, sie machen sich über mich lustig!“

Wieder einmal bemühte sich der Oberstleutnant, den Oberst zu beruhigen, und redete eine halbe Stunde auf ihn ein. Nach dieser Zeit stattete der Sergeantmajor des Regiments seinen Bericht ab. Die Situation war ihm zwar neu, doch er war nicht der Mann, sich von äußeren Umständen aus der Fassung bringen zu lassen. Er machte Honneur und sagte:

„Das Regiment ist vollständig zurück, Herr Oberst!“

Dann fügte er, um den Oberst milder zu stimmen, hinzu:

„Auch den Pferden ist nichts passiert.“

Der Oberst knurrte nur und erwiderte:

„Sie thäten besser, die Mannschaften in ihre Betten zu stecken und zuzusehen, daß sie nicht aufwachen und in der Nacht zu schreien anfangen.“

Der Sergeant machte Kehrt.

Der kleine Scherz, den er gemacht, gefiel dem Oberst, und er schämte sich auch ein wenig der Sprache, die er gebraucht hatte. Der Oberstleutnant redete ihm noch weiter zu, und die beiden schwatzten bis in die Nacht hinein.

Am nächsten Tage war Kommandeurparade, und der Oberst kanzelte die weißen Husaren gehörig ab. Der Kern seiner Rede war, da das Paukenpferd sich in seinem hohen Alter als fähig erwiesen hatte, das ganze Regiment in Verwirrung zu bringen, so sollte es auf seinen

Ehrenposten an der Spitze der Musik zurückkehren, das Regiment aber wäre eine Schar von Hallunken mit schlechtem Gewissen.

Die meisten Husaren jauchzten und warfen alle beweglichen Gegenstände in die Luft, und als die Parade vorüber war, ließen sie den Oberst hochleben, bis sie nicht mehr schreien konnten. Den Leutnant Hoyan-Jole, der im Hintergrunde verschmitzt lächelte, ließ aber niemand hochleben.

Vertraulich sprach der Oberstleutnant zu dem Oberst:

„Solche Kleinigkeiten verschaffen Popularität und beeinträchtigen die Disziplin in keiner Weise."

„Aber wenn ich nun mein Wort zurücknehme?" versetzte der Oberst.

„Thut nichts!" erwiderte der Oberstleutnant. „Die weißen Husaren werden Ihnen von heute ab überallhin folgen. Regimenter sind wie Weiber. Um eines kleinen Geschenkes willen thun sie alles."

Eine Woche später erhielt Hoyan-Jole einen Brief von jemand, der sich: Sekretariat, Eifer und Barmherzigkeit, 3709 E. C. unterzeichnete, und um „die Rücksendung unseres Skeletts, das, wie wir glauben annehmen zu dürfen, sich in Ihrem Besitze befindet," bat.

„Wer zum Teufel ist denn der verrückte Kerl, der mit Knochen handelt?" fragte Hoyan-Jole.

„Ich bitte um Vergebung, Herr Leutnant," sagte der Tambourmajor, „aber das Skelett ist bei mir, und wenn Sie den Transport bezahlen, werde ich es zurückschicken. Es ist ein Sarg dabei, Sir!"

Hoyan-Jole lächelte, händigte dem Tambourmajor zwei Rupien ein und sagte:

„Schreiben Sie bitte das Datum auf den Schädel!"

Wenn jemand an dieser Geschichte zweifelt, so kann er sich das Datum auf dem Skelett ansehen. Aber den weißen Husaren gegenüber erwähne man die Sache nicht.

Zufällig weiß ich etwas darüber, weil ich bei den Vorbereitungen des Paukenpferdes behufs seiner Auferstehung mitgeholfen habe. Es ließ sich das Skelett durchaus nicht sehr freundlich aufbürden.

Konsequenzen.

Es giebt in Simla einjährige Gehälter, zweijährige Gehälter, fünfjährige Gehälter, und es giebt auch, oder es gab doch wenigstens, permanente Gehälter, bei denen man Zeit seines Lebens verharrt und sich rote Backen und ein hübsches Einkommen verschafft. Natürlich sollte man beim kalten Wetter den Ort verlassen, denn Simla ist dann sehr langweilig.

Tarrion kam, von Gott weiß woher – von irgend einem verlassenen Ort von Zentral-Indien, wo sie Pachmari ein Sanatorium nennen und, wie ich glaube, mit Ochsenwagen fahren. Er gehörte einem Regiment an, doch hauptsächlich wollte er von seinem Regiment fortkommen und für immer in Simla leben. Er hatte für nichts besonderes eine Vorliebe, außer für ein gutes Pferd und eine hübsche Lebensgefährtin. Er glaubte, er könnte in allem etwas tüchtiges leisten; das ist ein schöner Glaube, wenn man ihn mit ganzem Herzen aufrecht erhält. Er war in mancherlei Hinsicht recht geschickt, sah hübsch aus und versetzte die Leute stets in gute Stimmung – selbst in Zentral-Indien.

So kam er nach Simla, und weil er geschickt und unterhaltend war, so knüpfte er natürlich mit Mistreß Hauksbee an, die alles vergeben konnte, nur keine Dummheit. Einmal erwies er ihr einen großen Dienst, indem er das Datum auf einer Einladungskarte zu einem großen Ball umänderte, den Mistreß Hauksbee besuchen wollte, aber nicht konnte, weil sie sich mit dem Adjutanten des Vicekönigs gezankt hatte. Da dieser ein gehässiger Mensch war, so sorgte er dafür, daß sie zu einem kleinen Tanzvergnügen am 6., anstatt zu dem großen Balle am 26. eingeladen wurde. Es war eine sehr geschickte Fälschung und als Mistreß Hauksbee dem Adjutanten ihre Einladungskarte zeigte, und ihn freundlich ausschalt, warum er seine Vorkehrungen nicht besser treffe, da glaubte er wirklich, sich geirrt zu haben und kam – was auch klüger war – zu der Ueberzeugung, es hätte keinen Zweck, mit Mistreß Hauksbee zu kämpfen. Sie war Tarrion dankbar und fragte, was sie für ihn thun könnte. Einfach erwiderte er: „Ich bin auf Urlaub hier und sehe mich nach einer für mich geeigneten Stellung um. Ich habe in ganz Simla nicht einen, der sich für mich interessiert. Mein Name ist denen, die Stellen zu besetzen haben, unbekannt, und doch brauche ich eine Stellung, eine gute, nutzbringende. Ich glaube, Sie könnten etwas thun, wenn Sie sich damit befreunden wollten. Wollen Sie mir helfen?"

Mistreß Hauksbee dachte einen Augenblick nach, und zog das Ende ihrer Reitgerte durch die Lippen, wie das ihre Gewohnheit war, wenn sie überlegte. Dann blitzte es in ihren Augen auf; sie sagte: „Ich will!", und reichte ihm darauf die Hand. Tarrion, der zu dieser großen Frau vollkommenes Vertrauen hatte, beschäftigte sich selbst mit der Sache gar nicht mehr. Er fragte sich nur, was für eine Stellung ihm zufallen würde.

Mistreß Hauksbee begann nun, die Preise aller Departementsvorstände und Ratsmitglieder zu berechnen, die sie kannte, und je mehr sie überlegte, desto mehr lachte sie, denn ihr Herz war mit im Spiel, und die Sache machte ihr Spaß. Dann nahm sie eine Civilliste zur Hand und durchflog einige Aemter. Es waren einige sehr schöne Aemter in der Civilliste. Sie beschloß, obwohl Tarrion für das politische Departement zu gut war, den Versuch zu machen, ihn hier unterzubringen. Was sie dabei für eigene Pläne verfolgte, thut schließlich nichts zur Sache, denn Glück und Schicksal spielten ihr in die Hände, und sie brauchte nichts weiter zu thun, als den Lauf der Dinge zu beobachten und zu benutzen.

Alle Vicekönige tragen, wenn sie ihr Amt antreten, eine alberne „diplomatische Heimlichthuerei" zur Schau, Das verliert sich mit der Zeit, doch zu Anfang kranken sie alle daran, weil sie noch neu im Lande sind. Der in Rede stehende Vicekönig, der an diesem beiden gerade damals laborierte, – das war lange, bevor Lord Dufferin von Kanada, oder Lord Ripon vom Busen der englischen Kirche kam – hatte sie in sehr hohem Grade; und das Resultat war, daß Leute, denen die Geheimhaltung amtlicher Vorkommnisse noch etwas neues war, sehr unglücklich aussahen. Doch der Vicekönig rühmte sich, wie er seinem Stabe den Begriff der Verschwiegenheit beigebracht hatte.

Nun haben die „Obersten Regierungen" die Gewohnheit, sorglos alles, was sie thun, bedrucktem Papier anzuvertrauen. Diese Papiere handeln von allem möglichen – von der Bezahlung, von 200 Rupien für einen „geheimen Dienst" an einen Eingeborenen bis zu den den Wakils und Motamids der heimischen Staaten erteilten Verweisen und den schroffen Briefen an eingeborene Fürstlichkeiten, die ihnen sagen, sie möchten ihre Häuser in Ordnung halten, das Stehlen von Weibern unterlassen und ihre Feinde nicht mit gestoßenem roten Pfeffer vollstopfen, und andere Exzentrizitäten dieser Art. Natürlich können solche Dinge nicht öffentlich bekannt gemacht werden, weil eingeborene Fürsten offiziell niemals irren, und ihre Staaten offiziell ebenso gut verwaltet werden, wie unser Gebiet. Auch die Privatschenkungen an verschiedene seltsame Leute gehören nicht gerade zu den Dingen, die man in die Zeitungen bringt, obwohl sie zuweilen ganz amüsantes Lesefutter liefern. Wenn die Oberste Regierung sich in Simla befindet, so werden diese Papiere hier fertiggestellt und den Leuten, für welche sie bestimmt sind, durch die Post oder von Amtswegen zugestellt. Das Prinzip der Verschwiegenheit war für jenen Vicekönig ebenso wichtig, als der Dienst selbst, und er behauptete, ein wohlwollendes Regime wie das unsrige, sollte nie zugeben, daß sogar Kleinigkeiten, wie die Anstellung untergeordneter Beamten vor der vorschriftsmäßigen Zeit in die Oeffentlichkeit gelangten. Er war stets wegen seiner Prinzipienreiterei berühmt.

Damals waren nun eine Reihe sehr wichtiger Papiere in Vorbereitung, die von einem Ende Simlas bis zum andern von einer Hand in die andere wandern mußten. Dieselben wurden nicht in ein offizielles Couvert, sondern in ein breites, blaßrotes, viereckiges gesteckt und an „ The Head Clerk" u. s. w., u. s. w. adressiert. Nun ist zwischen „ The Head Clerk" u. s. w., u. s. w. und Mrs. Hauksbee und einem Schnörkel kein großer Unterschied, wenn die Adresse in sehr schlechter Schrift, wie es hier der Fall war, geschrieben wurde. Der Tschaprassi, der das Couvert an sich nahm, war kein größerer Idiot, als die meisten Tschaprassis. Er vergaß nur, wo er dieses höchst unoffizielle Schreiben abgeben sollte, und fragte danach den ersten Engländer, dem er begegnete, und der zufällig in großer Eile nach Annandale ritt. Der Engländer sah kaum auf das Couvert und sagte: „ Hauksbee Sahib ki Menc"; dann ritt er weiter. Das that der Tschaprassi denn auch, weil der Brief der letzte in seiner Tasche war und er seine Arbeit beendet sehen wollte. Eine Unterschrift war nicht erforderlich; er übergab den Brief an Mrs. Hauksbees Diener und ging fort, um mit einem Freunde eine Cigarre zu rauchen. Mrs. Hauksbee erwartete Schnittmuster aus Seidenpapier von einer Freundin: Sobald sie das dicke, viereckige Couvert erhielt, sagte sie deshalb: „O, das liebe Geschöpf", riß es mit einem Federmesser auf, und sämtliche darin eingelegten Papiere fielen auf die Erde.

Mrs. Hauksbee begann zu lesen. Ich habe bereits gesagt, daß die Schriftstücke wichtig waren. Mehr braucht der Leser nicht zu wissen. Der Inhalt bezog sich auf zwei Korrespondenzen, zwei Maßregeln, einen gebieterischen Befehl an einen eingeborenen Häuptling und zwei Dutzend andere Dinge. Mrs. Hauksbee schnappte nach Luft, während sie las, denn der erste Anblick der nackten Maschinerie der „Großen Indischen Regierung", die so ganz ohne Tünche, ohne Firniß, ohne Schminke vor ihr lag, macht sogar auf den dümmsten Menschen Eindruck. Und Mrs. Hauksbee war ein kluges Weib. Zuerst war sie ein bischen ängstlich; sie hatte das Gefühl, als wenn sie das Ende eines Blitzstrahls in Händen hielte, und wußte nicht recht, was sie damit anfangen sollte. Am Rande standen Bemerkungen und Initialen; und einige dieser Bemerkungen waren noch strenger, als die Papiere selbst. Die Initialen gehörten Leuten an, die sämtlich tot sind oder Indien verlassen haben; doch zu ihrer Zeit standen sie groß da. Mrs. Hauksbee las weiter, und während sie las, überlegte sie ruhig. Dann kam ihr der Wert ihres Fundes zum Bewußtsein und sie sann nach, wie sie ihn wohl am besten ausbeuten konnte. Da erschien Tarrion, und nun lasen sie alle diese Papiere zusammen, und Tarrion, der nicht wußte, wie sie dazu gekommen war, erklärte Mrs. Hauksbee für die bedeutendste Frau der Welt. Ich glaube, das war auch so ziemlich wahr.

„Der gerade Weg ist immer der beste," sagte Tarrion nach einer Stunde des Studiums und der Unterhaltung. „Wenn ich mir alles recht überlege, ist der Nachrichtendienst der geeignetste Zweig für mich. Entweder dieser oder das auswärtige Amt. Ich werde einmal die „Hohen Götter" in ihren Tempeln aufsuchen, und gegen sie Sturm laufen."

Er suchte keinen Kleinen, auch keinen kleinen Großen oder ein schwaches Haupt eines starken Ressorts auf, sondern ging zu dem größten und bedeutendsten Mann, den die Regierung besaß und erklärte demselben, daß er ein Amt in Simla mit einem guten Gehalt haben möchte. Die vollendete Unverschämtheit dieser Forderung machte dem großen Manne Spaß, und da er für den Augenblick nichts zu thun hatte, so hörte er sich die Vorschläge des kühnen Tarrion an.

„Hoffentlich haben Sie außer der Gabe des Selbstbewußtseins noch einige besondere Qualifikationen für die Ansprüche, die Sie stellen?" sagte der große Mann.

„Darüber, Sir," versetzte Tarrion, „sollen Sie selbst urteilen."

Und nun begann er – denn er hatte ein gutes Gedächtnis – einige von den bedeutenderen Angaben aus dem Schriftstück herzusagen – und zwar bedächtig, eine nach der andern, wie ein Mann, der Chlorodyn in ein Glas träufelt. Als er bei dem energischen Befehl angelangt war – es war nämlich ein energischer Befehl – geriet der „große Mann" in Verlegenheit, während Tarrion erklärte:

„Ich glaube, daß besondere Kenntnisse dieser Art – sagen wir für eine Stellung im Auswärtigen Amt – mindestens ebenso wertvoll als die Thatsache sind, daß ich der Neffe der Gattin eines höheren Offiziers bin."

Das machte tiefen Eindruck auf den großen Mann, denn die letzte Stellung im Auswärtigen Amt war lediglich durch Protektion vergeben worden, was er genau wußte.

Der „große Mann" sagte: „Ich will sehen, was ich für Sie thun kann."

„Tausend Dank,“ versetzte Tarrion und zog sich zurück, während der große Mann sich überlegte, wie er die vorher erwähnte Ernennung zurücknehmen könnte.

*

Es folgte eine Pause von 11 Tagen mit Donner, Blitz und vielen Depeschen. Das Amt war kein sehr wichtiges, da es nur zwischen 500 und 700 Rupien monatlich trug; doch da der Vicekönig erklärte, das Prinzip des diplomatischen Geheimnisses müsse aufrechterhalten bleiben, so war es mehr als wahrscheinlich, daß ein so gut über Spezialinformationen verfügender Mann der Beförderung würdig war. Und er wurde auch befördert. Man hatte ihn wohl im Verdacht, obwohl er beteuerte, daß er seine Informationen einzig und allein seinem eigenen besonderen Talente verdanke. Vieles von dieser Geschichte, die Nachgeschichte des verlorenen Briefes mit einbegriffen, muß der Leser sich selbst hinzudichten, weil sie aus bestimmten Gründen nicht geschrieben werden kann. Wenn der Leser die Verhältnisse dort oben aber nicht kennt, so wird er sie sich nicht hinzudichten können, und erklären, das wäre unmöglich.

Der Vicekönig aber sagte, als Tarrion ihm vorgestellt wurde:

„So? Das ist also der Junge, der die indische Regierung ›hineingelegt‹ hat? Merken Sie sich, Sir, daß so etwas nicht zweimal passiert.“

Er mußte also doch etwas davon erfahren haben.

Tarrion aber sagte, als seine Ernennung in den Zeitungen veröffentlicht wurde:

„Wenn Mrs. Hauksbee zwanzig Jahre jünger und ich ihr Gatte wäre, so würde ich in 15 Jahren Vicekönig von Indien sein.“

Mrs. Hauksbee aber sagte, als Tarrion ihr – fast mit Thränen in den Augen, dankte, zuerst:

„Ich hatte es Ihnen ja gesagt!“

Dann fügte sie für sich hinzu:

„Nein, was die Männer doch für Narren sind!“